北欧
文学译丛

夜逝之时

Meðan nóttin líður

[冰岛] 弗丽达·奥·西古尔达多蒂尔　著

张欣彧　译

中国国际广播出版社

绚丽多姿的"北极光"

——为"北欧文学译丛"作的序言

石琴娥

2017年的春天来得特别地早，刚进入3月没有几天，楼下院子里的白玉兰已经怒放，樱花树也已经含苞待放了。就在这样春光明媚、怡人的日子里，我收到中国国际广播出版社文史编辑部主任张娟平女士打来的电话，想让我来主编一套当代北欧五国的文学丛书，拟以长篇小说为主，兼选一些少量有代表性的短篇小说、诗歌等，篇目大约为50—80部左右。不久之后，中国国际广播出版社的王钦仁总编辑和张娟平主任又郑重其事地来到寒舍，对我说，他们想做一套有规模、有品位的北欧文学丛书，希望能得到我的支持，帮助他们挑选书目、遴选译者，并担任该丛书的主编。

大家知道，随着电子阅读器和智能手机的普及，越来越多的人通过电子设备来阅读书籍。在目前的网络和数码时代，出现了网络文学、有声书和电子书，甚至还出现了人工智能创作的作品，纸质书籍受到极大冲击，出版纸质书籍遇到了很大困难。有的出版社也让我推荐过北欧作品，但大都是一本或两本而已，还有的出版社希望我推荐已经过版权期的作品，以此来节省一些成本。而中国国际广播出版社却希望出版以当代为主的作品，规模又如此之大，而且总编辑又亲临寒舍来说明他们的出版计划和缘由，我被他们的执着精神和认真态度所感动，更被他们追求精神品位的人文热情所感动。我佩服出版社的魄力和勇气。面对他们的热情和宝贵的执着精神，我怎能拒绝，当然应该义不容辞地和他们一起合作，高质量、高品位地出好这套丛书。

大家也许都注意到，在近二三十年世界各国现代化状况的各类排行榜上，无论是幸福指数，还是GDP或者是人均总收入，还是环境保护或者宜居程度，从受教育程度和质量、医疗保障到养老、失业等社会保障，还有从男女平等到无种族歧视，等等，北欧五国莫不居于世界最前列，或者轮流坐庄拿冠夺魁，或是统统包圆儿前三名，可以无须夸张地说，北欧五国在许多方面实际上超过了当今世界霸主美国，而居于当今世界发达国家最前列，成为世界现代化发展中的又一类模式。

大家一般喜欢把世界文学比作一座大花园，各个时期涌现出来的不同流派中的众多作家和作品犹如奇花异葩、争妍斗艳。北欧文学是这座大花园里的一部分，国际文学中，特别是西欧文学中的流派稍迟一些都会在北欧出现。北欧的大自然，由于地理位置、自然环境和气候条件，没有小桥流水般的婀娜多姿，而另有一种胜景情致，那就是挺拔参天、枝叶茂盛的大树，树木草地之间还有斑斓似锦的各色野花和大片鲜灵欲滴的浆果莓类。放眼望去，自有一股气魄粗犷、豪放、狂野、雄壮的美。北欧的文学大花园正如自然界的大花园一样，具有一股阳刚的气概、粗豪的风度。它的美在于刚直挺立、气势崴嵬。它并不以琴瑟和鸣般珠圆玉润和撩拨心弦的柔美乐声取胜，却是以黄钟大吕般雄浑洪亮而高亢激昂的震颤强音见长。前者婉转优雅、流畅明快，后者豪迈恢宏、气壮山河。如果说欧洲其余部分的文学是前者的话，那么北欧文学就是后者。正如鲁迅所说，北欧文学"刚健质朴"，它为欧洲文学大花园平添了苍劲挺拔的气魄。以笔者愚见，这就是北欧五国文学的出众特色，也是它们的长处所在。

文学反映社会现实。它对社会的发展其功虽不是急火猛药，其利却深广莫测。它对社会起着虽非立竿见影却又无处不在的潜移默化作用。那么，北欧各国的当代文学作品是如何反映北欧当代社会的呢？它对北欧各国的现代化发展是不是起了推动促进作用了呢？也许我们能从这套丛书中看到一些端倪。

北欧五国除了丹麦以外，都有国土位于北极圈或接近北极圈。北极光是那里特有的景象。尤其到了冬天夜晚，常常能见到北极光在空中闪烁。最常见的是白色。当然有时也能见到五彩缤纷、绚丽多姿的北极光。北欧五国的文学流派众多，题材多样，写作手法奇异多姿，犹如缤纷绚丽的北极光在世界文坛上发光闪烁。

北欧包括5个国家：丹麦、芬兰、冰岛、挪威和瑞典。讲起当代的北欧文学，北欧文学史上一般是从丹麦文学评论家和文学史家勃朗兑斯（Georg Brandes，1842—1927）于1871年末在丹麦哥本哈根大学所作的《十九世纪文学主流》算起，被称为"现代突破"。从19世纪的1871年末到目前21世纪的2018年近150年的时间里，一大批有才华的作家活跃在北欧文坛上。在群英荟萃之中，出现了几位旷世文豪，如挪威的"现代戏剧之父"亨利克·易卜生，瑞典文学巨匠——小说家、戏剧家斯特林堡和荣获诺贝尔文学奖的第一位女作家、新浪漫主义文学代表塞尔玛·拉格洛夫，丹麦

1944年诺贝尔文学奖获得者约翰纳斯·维尔海姆·延森和芬兰的批判现实主义作家约翰·阿霍等。"北欧文学译丛"拟以长篇小说为主，间选少量短篇作品，所以除了易卜生，因其作品主要是戏剧外，其他几位大家的作品我们都选编进了本系列。这些巨匠有的是当代北欧文学的开创者，有的是北欧当代文学中各种流派的代表和领军人物，都是北欧当代文学中的重要作家，他们的作品经历了时间考验。

在北欧文坛中，拥有众多有成就有影响的工人作家是其一大特色。有的还获得了诺贝尔文学奖，成为世界级的大文豪。这些工人作家大多自身是农村雇工或工人，有过失业、饥饿或其他痛苦的经历，经过自学成为作家。他们用笔描写自己切身的悲惨遭遇，对地主、资产阶级剥削和压榨写得既具体细腻，又深刻生动。正是他们构成了北欧20世纪以来现实主义文学的主流。在这些工人作家中最突出的有丹麦的马丁·安德逊·尼克索和瑞典的伊瓦尔·洛-约翰松等。对这些在北欧文坛上占有重要地位的工人作家的作品，我们当然是不能忽略的，把他们的代表作选进了这套丛书之中。

除了以上这些久享盛誉的作家外，我们也选了新近崛起的、出生于1970和1980年代的作家，如出生于1980年的瑞典作家乔安娜·瑟戴尔和出生于1981年的挪威作家拉斯·彼得·斯维恩等。他们的作品在北欧受到很大欢迎，有的被拍成电影，有的被搬上舞台。这些作品，虽然没有经历过时间的考验，但却真实地反映了目前北欧的现状，值得收进本丛书之中。

从流派来看，我们既选了现实主义作品，也不忽略浪漫主义、超现实主义和意识流的作品，力求使读者对北欧当代文学有个较为全面的印象。从作家本人的情况看，我们既选了大家公认的声誉卓越的作家的作品，也选了个别有争议作家的作品，如挪威作家克努特·汉姆生，他是现代挪威、北欧和世界文坛上最受争议的文学家。他从流浪打工开始，1920年成为诺贝尔文学奖得主，晚年沦为纳粹主义的应声虫和德国法西斯占领当局的支持者，从受人欢呼的云端跌入遭国人唾骂的泥潭，而他毕竟是现代主义文学和心理派小说的开创者和宗师，在20世纪现代文学中扮演了承上启下的转型角色。我们把他的"心理文学"代表作《神秘》收进本丛书。这部作品突破传统小说的诸多常规要素，着力于通过无目的、无意识的内心独白，以及运用思想流、意识流的手法来揭示个性心理活动，并探索一些更深层次的人生哲理。1978年诺贝尔文学奖得主、美国作家艾萨克·辛格说："在我们这个世纪里，整个现代文学都能够追溯到汉姆生，因为从任何意义上他都是现代文学之父……20世纪所有现代小说均源出汉姆生。"我们把这个有争议作家的作品选入我们的丛书，一方面是对北欧和世界文学在我国的译介起到补苴罅漏的作用，另一方面也可进一步了解现代文学的来龙去脉，以资参考借鉴。

总之，我们选材的宗旨是：把北欧各国文学史中在各个时期占有重要地位作家的代表作收进本丛书。虽然本丛书将有50—80部之多，但是同150年的时间长河和各时期各流派的代表作家和作品之多比起来，这些作品还是不能把所有重要作家的作品全部收入进来。譬如瑞典作家扬·米尔达尔（Jan Myrdal，1927—　）是20世纪60年代中期出现的一种新兴文学——报道文学的代表人物之一，他的《来自中国农村的报告》（1963）成为当时许多国家研究中国问题的必读参考材料，被译成十几种文字多次出版。尽管他的这本书因材料详尽、内容真实、记载细腻而风靡一时，但在这套丛书中，不得不割爱，而是选了其他在国际上更为著名的瑞典作家作品。

本丛书中的所有作品，除了极个别以外，基本都是直接从原文翻译，我们的目的是想让读者能够阅读到原汁原味的当代北欧文学。同英语、俄语、法语等大语种翻译比起来，我们直接从北欧语言翻译到中文的历史不长，译者亦不多，水平不高，经验也不足，译文中一定存在不少毛病和欠缺之处，望读者多多包涵，也请读者给我们提出宝贵的建议和意见，便于我们改进。

本丛书能够付梓问世，首先要感谢中国国际广播出版社社长张宇清先生和总编辑王钦仁先生，没有他们坚挺经典文化的执着精神和开拓进取的勇气，这部丛书是不可能跟读者见面的。我还要感谢本书所有的编委，是他们在成书过程中做了大量工作，从选材、物色译者到联系有关国家文化官员和机构，都付出了辛勤的劳动。不仅如此，他们还亲自翻译作品。没有他们的默默奉献和通力合作，这部丛书是难以完成的。在编选过程中，承蒙北欧五国对外文化委员会给予大力帮助和提供宝贵的意见，北欧五国驻华使馆的文化官员们也给予了热情关怀，谨向他们致以衷心的感谢。对编选工作中存在的疏漏和不足，还望读者们不吝指正。

2018 年 6 月

于北京潘家园寓所

石琴娥，1936 年生于上海。中国社会科学院外国文学研究所北欧文学专家。曾任中国－北欧文学会副会长。长期在我国驻瑞典和冰岛使馆工作。曾是瑞典斯德哥尔摩大学、丹麦哥本哈根大学和挪威奥斯陆大学访问学者和教授。主编《北欧当代短篇小说》、冰岛《萨迦选集》等，为《中国大百科全书》及多种词典撰写北欧文学、历史、戏剧等词条。著有《北欧文学史》、《欧洲文学史》（北欧五国部分）、"九五"重大项目《20 世纪外国文学史》（北欧五国部分）等。主要译著有《埃达》《萨迦》《尼尔斯骑鹅旅行记》《安徒生童话与故事全集》等。曾获瑞典作家基金奖、2001 年和 2003 年国家图书奖提名奖、第五届（2001）和第六届（2003）全国优秀外国文学图书奖一等奖、安徒生国际大奖（2006）。荣获中国翻译家协会资深荣誉证书（2007）、丹麦国旗骑士勋章（2010）、瑞典皇家北极星勋章（2017）等。

译　序

"寻觅，狂悖的寻觅——寻觅些什么？"

——痛苦的叙事：女性、记忆、历史

一

> 我知道，我会在这间房间里，这间完完全全地压迫着我的房间里，一直坐到这一切结束。

一间逼仄的病房，三个迷乱的夜晚，《夜逝之时》（*Meðan nóttin líður*, 1990）的第一人称叙述者与主人公尼娜，在母亲的临终床边焦躁地等待：等待母亲死去，等待这一切结束——期待，却也恐惧。

女儿送别母亲。弗丽达·奥·西古尔达多蒂尔（Fríða Á. Sigurðardóttir, 1940—2010）曾在采访中提到，1973 年母亲去世时，自己便决意写作这样一部作品。彼时弗丽达身患顽疾，于医院住院治疗，未能给母亲送终，故而愿以一部小说来悼念母亲①。弗丽达生于冰岛西部峡湾豪斯川迪尔半岛（Hornstrandir）的海斯泰里村（Hesteyri），在 13 个孩子中排行倒数第二。弗丽达的姐姐雅科比娜·西古尔达多蒂尔（Jakobína Sigurðardóttir, 1918—1994）是冰岛著名作家。豪斯川迪尔是冰岛最为偏僻亦最为壮丽的地区之一。几世纪以来，变幻莫测的自然是豪斯川

---

① Elín Albertsdóttir, „Gef bókum tíma til að fæðast", *DV*, 23. februar 1990, bls. 35.

迪尔居民安身立命的根本。因山势险峻、地貌崎岖，当地农业发展极为有限，人们的食物主要是悬崖上的鸟蛋与海洋中的鱼类；而入冬后，雪花如席，各农场间便几乎无法通行，北极熊不时还会侵袭农场。二战及战后时期，豪斯川迪尔的农场全部被废弃，居民全部迁徙至首都雷克雅未克等城镇地区。1945年，弗丽达一家也从海斯泰里搬迁至首都附近的凯夫拉维克（Keflavík）。这场"从乡村到城市"的人口大迁徙贯穿了冰岛整个 20 世纪的历史，深刻改变了冰岛的社会结构与社会面貌，在 20 世纪中后期的冰岛文学作品中，乡村与城市这组二元对立不断复现。

19 岁时，弗丽达便嫁给了丈夫贡纳尔，开始在雷克雅未克生活，而她并未放弃学业与工作，于 1961 年高中毕业，1971 年获冰岛大学冰岛语本科学位，1979 年获冰岛大学硕士学位，论文《论约库尔·雅各布松的剧作》（*Leikrit Jökuls Jakobssonar*，1980）收入"冰岛学丛书"（Studia Islandica）。弗丽达曾任冰岛大学图书馆管理员、冰岛大学教师等职，1978年后才正式开始专职写作。1980 年出版的短篇小说集《这没什么大不了的》（*Þetta er ekkert alvarlegt*）是她的首部作品。集子里的六篇故事，大多以现实主义的笔触描绘当代城市居民的精神生活，具有浓郁的社会批判色彩；而弗丽达在这组短篇小说中试验了多种叙事形式：独白与对话的构建、梦境与现实的糅合、转换不停的聚焦……弗丽达对叙事形式的重视可见一斑。六篇故事中的主人公都因心生感触，而回忆起从前人生的某些片段，不妨说这六篇故事都是主人公人生传记的片段[1]。这种

---

① Árni Bergman, „Hvernig ætlarðu að lifa?", *Þjóðviljinn*, 29–30. nóvember 1980, bls. 4; Gunnlaugur Ásgeirsson, „Er þetta kannski alvarlegt? ", *Helgarpósturinn*, 5. desember 1980, bls. 22; Þorleifur Hauksson, „Aldarfarssögur", *Tímarit Máls og menningar* 1/1982, bls. 116–117.

为人物立传的生命写作（life writing）是弗丽达作品的鲜明特征之一。

在弗丽达的作品中，人物常常被丢置于压迫感极强的陌生环境之中[1]，换言之，这些作品都有着或多或少的实验意味：逼仄的空间迫使小说人物直视自身，直面过去、现实乃至未来，在塑造其身体体验的同时，也对叙事行为本身产生具体的影响。弗丽达的首部长篇小说《太阳与阴影》（*Sólin og skugginn*，1981）是一部医院文学。主人公西格伦患上一种医生无法确诊的奇特病症，在漫长的等待后，西格伦终于排到了医院的住院床位，开始入院接受检查与治疗。作品有三条线索：一条以侦探小说般的写法，探寻西格伦的真正病因；一条颇具批判现实主义色彩，展现西格伦与医院体系的权力斗争；最后一条是西格伦与众多女性、男性病友的亲密交往，以心理现实主义勾勒西格伦直面生命与死亡的心路历程。以小见大、以医院反映社会的批判现实主义一线广受评论家赞誉[2]，这部作品也与弗丽达的生命体验紧密交织：冰岛医生也一直未能确诊她所患的病症。20世纪70年代，冰岛涌现出一众批判社会的现实主义问题文学作品，被文学史家称为"新现实主义"（nýraunsæi）。《太阳与阴影》被誉为新现实主义文学中难能可贵的佳作，西格伦这一坚强、机智、不畏权威的女斗士形象也极富典型意义[3]。

---

[1]　Kristín Birgisdóttir, „Hverra manna ertu? Vald orða í lífi Nínu", *Skírnir* vor/1991, bls. 229–246, hér bls. 229.

[2]　Ástráður Eysteinsson, „Bókmenntagagnrýni dagblaðanna", *Tímarit Máls og menningar* 4/1982, bls. 431–456, hér bls. 438–443.

[3]　Jón Yngvi Jóhannsson, „Sagnagerð eftir 1970", *Íslensk bókmenntasaga*, V. bindi, Reykjavík: Mál og menning, 2006, bls. 535–709, hér bls. 535–589, 631; Sigríður Albertsdóttir, „Women's Possibilities", *The History of Nordic Women's Literature*, sótt 31. október 2018 af https://nordicwomensliterature.net/2011/11/17/strong-voices/.

医生最终也未能确认西格伦的真正病因，甚至认为，她只是患了女人身上常见的歇斯底里。小说却有一个光明的尾巴：西格伦在丈夫的陪同下离开医院，充满了面对生活、对抗疾病的信心，因为在那逼仄的病房中，西格伦已经收获了对生活、对生死的全新领悟。

　　《太阳与阴影》是传统的第三人称过去时叙事，而弗丽达的第二部长篇作品《像海一样》（*Eins og hafið*，1986），却呈现出截然不同的叙事景观。这是一部人物、场景、聚焦不停转换的"群体小说"，或曰"群像小说"（kollektiv roman）[①]。弗丽达的小说作品都算不得大篇幅，却从来以群像式的繁多人物著称；她对"群体小说"的运用与发展，在 20 世纪末的冰岛文坛上是绝无仅有的。

　　冰岛一处海边城镇里，一座古老而破旧的房子赫然耸立，与其他房屋格格不入；小说的主人公就是这栋房子里的十二位居民。依然是弗丽达式的封闭空间，而这一次小说人物们要面对的，则是新与旧、现实与梦境、理智与情感的激烈冲突。房屋是冰岛文学中的关键意象，经常作为现代性暴力的发生场所出现。例如在斯瓦瓦·雅各布斯多蒂尔（Svava Jakobsdóttir，1930—2004）的名作《租客》（*Leigjandinn*，1969）的结尾，女人的手在试图开门时石化粉碎；而在埃纳尔·茂尔·古德蒙德松（Einar Már Guðmundsson，1954—　）的《旋转楼梯的骑士们》（*Riddarar hringstigans*，1982）中，一个小男孩摔下楼梯，梦幻的童真世界因男孩的死亡而破灭。相比之下，《像海一样》的叙事声音与故事情节更为柔和，却不无汹涌，因为"Perhaps

　　① Ásta Kristín Benediktsdóttir，„[M]ér fannst einsog það væri verið að skólpa af þjóðinni"，Um *Dægurvísu* Jakobínu Sigurðardóttur"，*Skírnir* vor/2008，bls. 154–173，hér bls. 161–163.

love is like the ocean"① —— 或许爱就如大海一样，或平和或汹涌，柔情中藏匿着危险。澎湃的情感使作品中的每一个人物都鲜活无比，人物的内在思绪与外在现实水乳交融，诗意与梦幻的氛围油然而生，叙述者娴熟的意识切换与时空拼贴都大大拓展了小说的叙事格局，而弗丽达的上一部短篇小说集《临窗》（*Við gluggann*，1984）② 中就有对此等叙事技术的精湛运用。

现代化、城镇化过程中的新旧冲突是弗丽达作品一以贯之的主题。为了探讨这一问题，弗丽达在《像海一样》中构造了一片"完整"的文学空间、一个拟真的可能世界（possible world），小说也因此充满了自揭虚构般的"建构感"，在追寻真实的同时，实则脱离了现实主义的文学圭臬。有评论家指出，《像海一样》或许与马尔克斯的名作《百年孤独》一脉相承③。而在弗丽达此后的作品中，我们会不断看到她对现实主义文学观、对建构世界的可能性的超越与解构；在弗丽达的文学世界中，现代主义乃至后现代主义④ 的思维方式与叙事模式渐渐弥散开来。

弗丽达接下来的三部长篇小说《夜逝之时》、《封闭世界

① Fríða Á. Sigurðardóttir, *Eins og hafið*, Reykjavík：Vaka Helgafell，1986，bls. 21.

② 《世界文学》杂志 1987 年第 1 期的"外国文学信息"栏目中，有对弗丽达这部短篇小说集的介绍（第 308 页），题目是《西格查左特新作〈倚窗〉》，作者署名南飞。虽然该文章对作品的介绍与其实际内容实在相去甚远，但能在中国期刊上发现弗丽达的名字还是不由令人惊喜。

③ Hallberg Hallmundsson, „Eins og hafið by Fríða Á. Sigurðardóttir", *World Literature Today* 4/1987，bls. 641. 《百年孤独》的冰岛语译本出版于 1978 年。

④ Helena Kadecková, „Er det verdt å fortelle historier? Den postmoderne diskurs i Fríða Á. Sigurðardóttirs roman *Meðan nóttin líður* (1990)", *Litteratur og kjønn i Norden*，ritstj. Helga Kress，Reykjavík：Háskólaútgáfan，1996，bls. 672–675.

中》（*Í luktum heimi*，1994）、《马利亚之窗》（*Maríuglugginn*，1998）被评论家视为一组三部曲，关乎时间与记忆、关乎现实与虚构、关乎过去之于现代的意义[①]。三部小说的主人公都是现代都市人，而在与记忆与历史对视之时，其自我认知却逐步瓦解。在一个个密闭空间中，小说叙事愈发破碎，叙述人丧失了对所述故事的完全掌控，身体与精神的痛苦频频打断叙事进程。《马利亚之窗》中一男一女两位人物以第一人称轮流发言，二人却鲜有交流，双线叙事直至结尾方才合流；《封闭世界中》是一部日记体小说，读者的阅读过程有如在泥潭中蹚行，叙事一度近乎"瘫痪"，而男主人公的迷茫与痛苦也恰恰体现于此。对幽邃意识的书写也为叙事蒙上黑暗、迷离甚而恐怖的悬疑之纱。可以说，弗丽达对于叙事形式的探索并非空洞的文体试验，她始终在寻找最符合故事质感的文体与形式。

弗丽达的所有作品中都有关于家庭的情节[②]：《太阳与阴影》中核心家庭因妻子患病而碎解；《像海一样》述说了多个家庭的命运故事；《夜逝之时》是一部六代女性的史诗；《封闭世界中》则是一部男性史诗——弗丽达跨越生理性别，描摹男性心理，聚焦家族中男人间的交往；《马利亚之窗》的两位主人公是一对艺术家恋人，却因艺术追求并未组建家庭；《这没什么大不了的》、《临窗》以及最后一部短篇小说集《夏日布鲁斯》（*Sumarblús*，2000）中都有多篇描写家庭成员冲突的作品。弗丽达的最后一部长篇《尤利娅房中》（*Í húsi Júlíu*，2006）亦是一部庞杂的女性家族史[③]。而这一次，小说人物的

---

①　Soffía Auður Birgisdóttir，„Manneskjan er ekki ein"，*Tímarit Máls og menningar* 1/1999，bls. 153–156，hér bls. 154.

②　Kristín Birgisdóttir，„Hverra manna ertu?"，bls. 233–234.

③　Ástráður Eysteinsson，„Rámur blús áranna"，*Morgunblaðið*，2. desember 2006，bls. 16.

生命书写不是由人物自己来完成，而是通过一位第一人称见证者（事实上也承担了采访者的角色）映射传记书写过程，书写者与被书写者之间的张力为这部作品增加了新的维度。

20 世纪八九十年代，冰岛文坛最引人瞩目的几位女作家全部具有文学研究的学术背景：五六十年代，斯瓦瓦·雅各布斯多蒂尔曾在牛津大学学习中世纪冰岛文学、在乌普萨拉大学学习瑞典文学；1970 年，奥尔芙伦·贡略格斯多蒂尔（Álfrún Gunnlaugsdóttir，1938— ）获得巴塞罗那自治大学中世纪文学博士学位，1988 年成为冰岛大学比较文学教授；维格迪斯·格里姆斯多蒂尔（Vigdís Grímsdóttir，1953— ）于 1978 年获得冰岛大学冰岛语本科学位。弗丽达也是一位冰岛文学专家，她也多次在采访中提到，自己热爱阅读冰岛与世界文学[①]。这些女作家的作品或如斯瓦瓦，以女性角度重审冰岛文学遗产；或如奥尔芙伦，将冰岛置于世界历史背景之下；或如弗丽达与维格迪斯，冥思虚构、艺术及写作的本质，进行元小说（metafiction）创作。而弗丽达的艺术追求并非"自揭虚构"这样简单，她寻觅的是揭开虚构后的那份现实感；她以（后）现代笔法书写的，或许仍是某种社会现实 —— 指涉虚构，是为了破除幻象，直抵现代性暴力在人们身体与精神上遗留下的创伤。而弗丽达作品中那些丰盈而沉重的具身痛苦、那些幽邃而澎湃的生命叙事，也正是她为冰岛文学做出的无可替代的贡献。

二

《夜逝之时》获 1990 年首届冰岛文学奖，1992 年又获北

---

① Ágúst Sverrisson，„Hélt að allir fæddust læsir"，*Vikan* 19/1988，bls. 25–26，hér bls. 26.

欧理事会文学奖，成为冰岛第一位获得该奖的女性作家。北欧理事会文学奖的评审委员会这样评价《夜逝之时》：

> 这是一部大胆、创新而富于诗意之美的小说。作品回望过去，追寻其中对我们当下仍有意义的生命价值。故事发生于冰岛西峡湾的壮丽风光中，自然描写亦构成了文本魔力的一部分。作品并未营造我们能够完全理解祖辈现实的幻觉。它唤起重重疑问，却也在寻觅答案。弗丽达·奥·西古尔达多蒂尔以其诗意之笔，勾勒着我们对于历史与叙事的需要，也昭示了求索生命与艺术的唯一真理是何等艰难。①

过去与现实的对撞是弗丽达的胸中块垒所在，在她的作品中，过去是幽灵般的存在，无处不在，一再侵袭，令自以为坚不可摧的现代人措手不及，勾起他们不能承受的创伤记忆②，《夜逝之时》是弗丽达对这一主题最为深沉的演绎。我们可以无限简短地复述这部小说的情节：当夜晚逝去之时，尼娜坐在母亲的临终床畔守夜，关于家族女性的古老故事与记忆却萧萧来袭。我们也可以去无限细致地整理，尼娜在床畔回忆起的六代女性故事。而《夜逝之时》不是一部传统的家族历史小说，

---

① „1992 Fríða Á. Sigurðardóttir, Ísland: Meðan nóttin líður", *Norden.org*, sótt 31. október 2018 af https://www.norden.org/is/nominee/1992-frida-sigurdardottir-island-medan-nottin-lidur. 同年获得提名的作品有英格玛·伯格曼的《善意的背叛》等。
② 《像海一样》的房子里也流传着奇诡的鬼怪传说。在托妮·莫里森（Toni Morrison，1931—　）的名作《宠儿》（*Beloved*，1987）中，来自过去、来自历史的"宠儿"恰恰就是这样一个鬼魅般的存在。

尼娜是回忆者，亦是记录者——为了"消磨时间"，尼娜将六代女人的生命经历付诸纸上。记忆转为文字，尼娜成为作者。或许我们所阅读的这部作品，便是尼娜写作出的一部小说。她在时空之间穿梭不停，企图记录、企图寻觅，而"寻觅，狂悖的寻觅——寻觅些什么？"

女性的历史 / 历史的女性

苏艾娃 — 索尔维格 — 卡特琳 — 马利亚 / 索尔蒂斯 — 马大 / 尼娜 — 萨拉。

《夜逝之时》是一部生动鲜活的女性历史，而她们也都是历史中的女性。第一夜，尼娜坐于床畔，回忆 / 写作出第一辈（苏艾娃、斯蒂凡、雅各布）、第二辈（索尔维格）与第三辈（卡特琳、奥德尼、埃琳）的故事。

粗略算来，第一辈的故事约发生于 19 世纪初，第二辈、第三辈的故事则发生于 19 世纪中后期。如前所述，豪斯川迪尔人依凭悬崖与海洋为生，春日，人们会下悬崖捕鸟蛋。春日生机盎然，这一段叙事也诗意飞扬："那是鸟的时节。悬崖的时节。北极之隅的宁静海湾中，忙碌与历险的时节。"如果将这段话分为数行，我们便得到一首隽永的小诗。而自然的诗意中藏匿着危险，"那只苍灰的爪，在此等着捕捉每一个胆敢挑战悬崖的人"。悬崖飞石随时都有可能夺去人们的性命。据冰岛民间传说记载，主教古德蒙德·阿拉松（Guðmundur Arason）为冰岛北部德朗盖岛（Drangey）上的悬崖祝圣，以期减少伤亡。主教悬在绳上，降下悬崖，为其洒上圣水，而一只苍灰的毛爪猛然持刀出现，欲剪断主教身上的绳子，同时道："恶灵总要有块栖身之地"；主教重又回到崖边，一部分悬崖遂未被祝圣①。"苍灰之爪"这一意象在《夜逝之时》中反复出现，代表着巍巍自然的原始危险。

原始自然之间亦有情欲流动。尼娜记录下苏艾娃、斯蒂凡、雅各布、弗丽德梅等人的罗曼故事。在冰岛，苏艾娃（Sunneva）是个罕见的名字，她的身世亦颇神秘；苏艾娃意为"太阳的馈赠"，她也为这座农场带来了光明与快乐 —— 又抑或灾难与痛苦？农场主人斯蒂凡是苏艾娃的丈夫，侄子雅各布却也对她生出爱慕②。一位黑眼黑发的海员到达这偏僻的海湾，为苏艾娃留下一条披巾 —— 或许还有更多：雅各布葬身悬崖时，一条崭新的生命却降临到苏艾娃体内。

而这只是尼娜从姨姨马利亚那里听来的一段故事，在母亲索尔蒂斯看来，这是一段荒谬的丹麦罗曼——情节夸张空洞的虚构故事。尼娜笔下，索尔维格与卡特琳的故事亦复如是。索尔维格是苏艾娃的女儿，生下一个没有父亲的孩子后，便于悬崖下自杀。卡特琳嫁给了索尔维格的儿子奥德尼；面对丈夫的不忠，她选择原谅，并将丈夫的前情妇埃琳接到农场一起生活。在讲述这些故事时，尼娜充满不解、充满愤怒。她直接进入自己创造的文本世界："我摇摇头，不要咖啡，正在奔跑，同弗丽德梅一起，我已卷入了一个故事之中"；成为故事中的人物，质问卡特琳："还想把她接到家里！你疯了吧！被一封叽叽歪歪的信骗得团团转，谈什么原谅，谈什么赦罪。"作为现代女性的她不愿理解、也不愿原谅祖辈女性做出的各种"卑微"选择。

进入第二夜，尼娜开始写作母亲索尔蒂斯与姨姨马利亚的

---

① „Vígð Drangey", *Snerpa.is*，sótt 31. október 2018 af https：//www.snerpa.is/net/thjod/drang.htm.

② 《夜逝之时》与《圣经》形成多处互文，在人物名字的选择上尤其如此：《圣经》中的雅各为舅舅劳动二十余年，以换取妻子拉结。

故事。索尔蒂斯（Þórdís）意为"索尔的女神"，索尔是北欧神话中力量的化身，与大地、与农耕紧密相关，索尔蒂斯亦是如此。马利亚则是《圣经》中的名字，可这里指涉的是哪个马利亚呢？是圣母马利亚么？抑或是抹大拉的马利亚？20世纪上半期的一年冬天，索尔蒂斯与马利亚曾一同在雷克雅未克生活。姐姐马利亚不希望索尔蒂斯重回那片偏僻海湾，鼓励她与自己一同在领事公馆内侍候宴会，再与自己一同出国探寻更广阔的天地。此时冰岛的现代化与城镇化已缓慢开始，女性的生存空间更加广阔。索尔蒂斯却选择重返水湾，尼娜责备道："却在阡陌交汇处背过身去——通往其他方向的阡陌。拒斥其他选择与可能，重返家乡那片海湾。不相信选择。"二战期间，随着英美驻军的先后到来，冰岛以惊人的速度实现了全面现代化，一整代冰岛人被生生"抛入现代"[①]。尼娜出生于现代化完成之后，而索尔蒂斯属于上一代，母女之间的个体冲突也因此附着上历史性与社会性。

姐姐马大与妹妹尼娜之间的冲突却似乎带有某些意识形态色彩：尼娜是资本主义、自由主义的化身，而马大笃信革命、笃信社会主义与"自由、平等、友爱"。马大之名同样取自《圣经》，有"家庭主妇"之意。姊妹间的意识形态之争却也与情欲、爱欲两相纠缠，她们激烈地"争夺"母亲与男人的关注与爱——最后一夜，在母亲床边，这场斗争或许终将落下帷幕。

尼娜的自我叙述散落于各处。城市之子、时代骄女尼娜，曾与哥哥海尔吉、恋人阿德纳尔重返故乡那片海湾，于农场废墟旁、没腰高草间蜷卧酒醉，西峡湾的恐怖自然令她不知所措，

---

① Dagný Kristjánsdóttir, „Frjálsir fangar: Um norrænnar kvennabókmenntir níunda áratugarins", *Undirstraumar*: *Greinar og fyrirlestarar*, Reykjavík: Háskólaútgáfan, 1999, bls.196–211, hér bls. 201.

令她一再想到死亡。尼娜与许多冰岛人一样，也曾梦想成为作家，期待亲身体验冰岛的自然与历史。她的初恋男友阿德纳尔是一位画家，二人对未来的生活满怀憧憬："如果不能写作，我会死掉的。"尼娜说。"你怎么会不能写作呢？我画画，你写作，一切都恰到好处啊。"阿德纳尔说。而乌托邦式的艺术幻想在生活的重压下破灭，尼娜与阿德纳尔分手，带着一部无人问津的小说手稿回到家中，而后同律师古德永结了婚，成了家庭主妇。与古德永离婚后，尼娜创办了属于自己的广告工作室，转向"那唯一恒久的诗艺——广告的诗艺、现代的诗艺"。

抛却虚构，抛却文学，尼娜自诩为真正的时代之子，她所使用的词语与句式属于这个崭新的时代："属于那炸弹的世界，尼娜，那由巨人主宰的世界，那里无处安放一件过时的破烂，一件过去的遗物。"她常将主语省略，句子多以动词开头，句式简短破碎，与现代主义文学的并置手法（parataxis）不无贯通之处。这是速度的文字，是效率的文字，也是迷惘与痛苦的文字。尼娜在讲述祖辈故事之时（尤其是第一辈苏艾娃、斯蒂凡与雅各布等人的故事），也曾试用过连贯的现实主义叙事风格，但她明白，自己的讲述皆为虚构："突然间我明白了，我永远也无法理解他们的生活，永远也无法理解他们之间的种种。"有论者指出，回忆得愈多，尼娜愈能感知过去与现代的贯通，她的叙事也愈渐完整①，而在我看来，随着所述事件距尼娜愈来愈近，她的叙事却愈趋破碎，其对过去与现在的感知双双瓦解，文本的裂隙不断扩大，这种不确定性在全书结尾达到顶点："现在，我将怎样呢？"

回溯历史是20世纪80年代北欧女性文学的核心主题之一。

---

① Dagný Kristjánsdóttir, „Hvað verður nú um mig?" *Tímarit Máls og menningar* 1/1992, bls. 93–97, hér bls. 96–97.

女作家们回望历史，追索历史中的女性认知与女性形象，她们不约而同地选择了一条途径：去问妈妈①。从历史角度来看，我们或许可以说，回溯历史这一举动，体现着北欧女作家们对第二波女性主义运动的反思与反抗。女性不断要求获得更多权利，而女性自身有何权利要求这些权利？女性是谁？我们是谁？"你是谁人的子孙？"这些问题都萦绕在80、90年代众多女作家的心头。

记忆与后记忆——如何现代？怎样女性？

一条披巾将六代女人联结在一起。苏艾娃的披巾是外域海员的礼物，后来依次传给索尔维格、卡特琳、索尔蒂斯、尼娜与尼娜的女儿萨拉。披巾是沉重的符号，承载了太多意义、太多记忆、太多女性气息，读者可以对此作无穷解读。披巾的传承是一种记忆行为，而到达尼娜这里，披巾本身已成为一个记忆之场（lieu de mémoire）。皮埃尔·诺拉（Pierre Nora，1931— ）如是说：

> 历史的演变在加速。对于这个说法，除了其隐喻意味，还应评估其含义：对象转向最终死亡的过去的速度越来越大，但人们也已普遍意识到对象已经完全消失——这

---

① Dagný Kristjánsdóttir, „Frjálsir fangar", bls.198；„Meðan nóttin líður – Fríða Á. Sigurðardóttir", *Rúv.is*, sótt 31. október 2018 af http：//www.ruv.is/frett/medan-nottin-lidur-frida-a-sigurdardottir; Gayle Greene 指出，在第二波女性主义运动影响下，70年代的女性文学也在回溯历史，目的则是为了卸去女性的历史负担，见 „Feminist Fiction and the Uses of Memory", *Signs* 2/1991, bls. 290–321.

是平衡态的断裂。人们已经摆脱以前尚存于传统的余温、缄默的习俗和对先人的重复（受某种内在历史意识的驱动）中的经验。在已然变了的环境中，自我意识已经到来，过去周而复始的事情已经走到终点。人们之所以这么多地谈论记忆，是因为记忆已经不存在。[①]

尼娜之所以始终抗拒这条披巾——"想为她戴上镣铐，索尔蒂斯，将她与历史联结，一段早已消亡的历史，逸散出血液、泥土与腐烂的酸涩气息。将披巾递给她，叫她不忘角色，不忘陷阱"——正因为她哀女人之不幸、怒女人之不争，换言之，因为她对女性命运、女性地位持有清醒的自我意识，"过去周而复始的事情"在她这里"已经走到终点"。然而披巾在她眼中虽然空洞，却仍沉重，因为作为记忆之场的披巾即是过去与现代断裂的明证，一场记忆危机（memory crisis）已然发生[②]。

身陷记忆危机的现代人同时因过多的记忆与过少的记忆而煎熬[③]。对尼娜来说，属于祖辈女性的过去是那"过多的记忆"，她们的生命经历无比浓烈，却掺杂了太多尼娜不能忍受的价值与色彩。而与此同时，或许尼娜并不了解自己的母亲，也根本无从了解这些祖辈女性。姐姐马大不止一次地诘责尼娜："你

① 皮埃尔·诺拉：《记忆与历史之间：场所问题》，《记忆之场：法国国民意识的文化社会史》，黄艳红译，南京大学出版社 2017 年第 2 版，第 3 页。

② Richard Terdiman, *Present Past: Modernity and the Memory Crisis*, Ithaca og London: Cornell University Press, 1993; Anne Whitehead, *Memory*, London og New York: Routledge, 2009, bls. 84–122; Daisy Neijmann, „Hringsól um dulinn kjarna: Minni og gleymska í þríleik Ólafs Jóhanns Sigurðssonar", *Ritið* 1/2012, bls. 115–139.

③ Richard Terdiman, *Present Past*, bls. 14; Daisy Neijmann, „Hringsól um dulinn kjarna", bls. 120.

根本就不了解她""你如何能理解她,你如何能理解他们,你这失却尊敬、失却信仰的一辈!"尼娜对于祖辈女性的"记忆"并非传统意义上的记忆,而是一种所谓"后记忆"(postmemory)。罗马尼亚学者玛丽安娜・赫什(Marianne Hirsch,1949—   )最早提出这一概念,以探讨后辈与祖辈之间的记忆传承。祖辈历经的记忆通过故事、照片、行为等形式传递给后辈,成为后辈记忆的一部分。赫什主要将这一概念用于大屠杀等创伤事件的幸存者;在这些家庭中,没有经历过创伤的后辈也将其纳入自身记忆。作为一种关于记忆的记忆,后记忆主要产生于想象与创造[①]。

在我看来,我们可以谨慎地挪用后记忆理论,描述、阐释现代人罹受的记忆危机。后记忆与记忆之场一样,都是过去与现代截然断裂的显证。记忆在社会中的一般保存过程为:个人记忆 → 家庭记忆 → 档案或文化记忆 → 社会或国家记忆;大屠杀等创伤事件干扰了这一过程,而后记忆的作用就是要以个人与家庭记忆,去激活、体现那些被干扰的文化与社会记忆[②]。大屠杀等集体创伤事件或许会抹去历史档案的存在,关于冰岛的前现代时代则存在着有限的档案。尽管如此,现代性的临降仍然使尼娜这样的现代人丧失了与历史档案间的具身联系。然而,通过马利亚、索尔蒂斯、马大等人的叙述,通过马利亚展示的老照片,通过与家庭成员间的具身交往,尼娜收获了丰满的后记忆,(不)自觉地激活了关于冰岛前现代的文化与社会记忆。

---

① Marianne Hirsch,„Past Lives: Postmemories in Exile",*Poetics Today* 4/1997,bls. 659–686;„The Generation of Postmemory",*Poetics Today* 1/2008,bls. 103–128.

② Marianne Hirsch,„The Generation of Postmemory",bls. 111.

但这一切并非怀旧式的缅怀，而是痛苦的凝视与清算。尼娜经由后记忆抵达的前现代社会不能为她提供任何慰藉，现代式的割裂一切的虚无主义亦非出路。在隐含作者眼中，尼娜或许是当下现代女性的代表，却绝不能代表现代女性的未来。可何为现代？怎样女性？这些重任或许落在了尼娜之女萨拉的肩上。萨拉是小说中的希望所在："也许令萨拉觉得正常的正是这个：变化。"

无独有偶，《夜逝之时》与张洁（1937—　　）的《无字》（2002）之间有着镜像般的惊人相似。《无字》是一部三辈女人的史诗，作品对女性的冀望也同样寄托在主人公吴为的女儿禅月身上："别看妈妈蹦来蹦去，换了一个男人又一个男人，实质上还是男人的奴隶。姥姥和妈妈都是男人的奴隶，那些男人，剥削着他们的精神、肉体、感情……难道她们看不出来？"；"这样当女人可不行，禅月看够了"；"禅月是一个语法正确、表述清晰、合乎逻辑的句子，吴为却是一个语法混乱的句子，就像她的小说。"[1]尼娜可不就是个禅月般的女性？独立，不依赖男人，语法正确且表述清晰？可在弗丽达看来，尼娜仍然算不得现代女性的榜样。

女性的痛苦是屡见不鲜的话题，丁玲与张洁就曾相继呐喊："做了女人真倒霉"（《我在霞村的时候》，1941），"你将格外地不幸，因为你是女人"（《方舟》，1982）。弗丽达的尼娜已超脱于此，她早已不再为生为女人而痛苦，能够坦荡享受自己的性别，她甚至可以跟碧昂斯（Beyónce，1981—　　）一起唱：Who run the world? Girls（2011）——谁统治这个世界？女孩。可迸发自历史、时代、两性交往、同性交往（母女、姊妹、

---

① 张洁《无字》（第三部），《张洁文集》，人民文学出版社2012年版，分见第169、170、171页。

友人）的痛苦，缘何丰盈如旧？现代女性究竟应当如何？女性的未来在哪里呢？《夜逝之时》向读者抛出这些问题，又或者如北欧理事会文学奖的授奖辞所说，这部作品"唤起重重疑问，却也在寻觅答案"。

三

《夜逝之时》是一部能够作无穷阐析的复杂作品。小说甫在冰岛出版，便广受赞誉，而在其他北欧国家却出现了一些批评的声音：小说留白太多，场景转换过快，时空变幻过频，主人公尼娜过于扁平，缺乏深度与可信度，等等①。如今看来，这些批评恐怕很难站得住脚；期盼一劳永逸地理解《夜逝之时》是不可能的任务——若想真正进入小说的世界，我们或许需要一再"重访"那间狭窄的病房、那片逼仄的海湾。

小说问世已有 28 年，而今终与中国读者见面。我盼望着，这部作品能与中国的社会现实与国民意识展开对话：子女与父母之间的关系、现代中国的社会变迁与记忆断裂、中国女性主义的发展……自然还有更多。正如尼娜在小说中的玄思：艺术"不是为了囊括现实，不是为了将其固化，是为了打开这道裂缝——"

这部作品由冰岛语直接译至中文，我要感谢中国社会科

---

① Marianne Berglund, „Porslinsren prosa från en dödsbädd", *Hallandsposten*, 26. október 1992; „I lyrisk mollton", *Östgöta Correspondenten*, 3. október 1992; Tore Winquist, „Nutida rotlöshed", *Uppsala nya tidning*, 5. febrúar 1993; Elísa Jóhannsdóttir, *Engin vettlingatök: Átökin við tilveruna í skáldsögum Fríðu Á. Sigurðardóttur*, Óprentuð M.A.-ritgerð í almennri bókmenntafræði, Reykjavík: Háskóli Íslands, 2006, bls. 51–53.

学院北欧文学专家石琴娥教授的无私帮扶，感谢冰岛大学 Ástráður Eysteinsson、Dagný Kristjánsdóttir、Daisy Neijmann、Gunnþórunn Guðmundsdóttir、Úlfar Bragason 等教授与我进行的讨论，感谢 Jón Karl Helgason 与 Bergljót S. Kristjánsdóttir 教授为我所做的一切，感谢 Margrét Jónsdóttir 教授、冰中文协前主席 Arnþór Helgason 及其夫人 Elín Árnadóttir 的关怀。

我将这部译作献给我的父母。

张欣彧

2018 年 11 月于天鹅沼

张欣彧，1994 年生于吉林，冰岛大学冰岛文学硕士，从事冰岛文学翻译与研究。曾获冰岛文学译者奖金，在冰岛核心学术期刊上发表文章，主编、主译《世界文学》杂志冰岛文学小辑（2018/6），译有《酷暑天》（人民文学出版社，2017）等。

盐柱。
晶体之间，
幅幅画面，
缘盐之窄道、
纵横索道，
委蛇无前，
冲越群山、
冲越岩麓，
古老的故事，
融散盐晶，
昏绿光芒明灭间。

第一夜

　　床头桌上摆着些小苍兰。是我本打算扔掉的。它们的芳香在房间中弥漫，浓郁而陌生。它们同这里格格不入。

　　"小苍兰，"埃里克说。"你母亲最喜欢的花。"又微一鞠躬，合拢脚跟。"要是你能把花带给她，我会很欣慰的。"

　　我正要出门之时，他像一团树间阴影般乍然出现，将我叫住，上了年纪的潘神①，穿着一件衬芯翻领的棕色短袍，华丽的丝巾精心系在脖颈上，裤子十分熨帖——一位晚间在自己的王国里漫步的君王，潘。只有这些花坏了景致。我母亲最喜欢的花。我之前从没听说过。从不知道她有什么最喜欢的花。我从不知道他们彼此认识。

　　"我偶尔会去拜访你的母亲。"埃里克说道，仿佛他已感知到了我的想法与疑惑，眼角荧光闪烁，一丝笑容。

　　我试着想象他们二人在客厅里的画面：埃里克，楼上的贵爵，王室与诗人们的友伴，坐在那张深绿色的旧沙发

① 潘（Pan）是希腊神话中的牧神，长着人身与羊角，生性好色，常常藏在树林中等待女人，上前求爱。

上；旁边是我的母亲，一位清洁女工，西部来的农村妇女，牢牢扎根于生活的龃龉之中。说不通。绝对说不通。

"索尔蒂斯，很不一般的女人，也很聪明，非常聪明。"他继续说道，好似在自言自语。这更让我吃惊了，因为埃里克不是那种会轻易称赞别人的人，恰恰相反——尤其是对待他一贯颇为厌恶的平民百姓。粗鄙——照他的叫法——一直都是这位老外交官的眼中刺。

"文化，"他说，"从来不会在平民阶级的身上滋长繁盛。唯有野蛮。"

兴之所至，他偶尔会邀我去喝杯雪利酒，聊聊天。通常我也都接受邀请，因为我觉得他很有趣；我很享受他的刻毒与口才，再说他很博学，受过良好教育，游历也颇广。我们一起坐在小厅里，周围是淡色的提花锦缎家具，还有他收集的中国瓷器。我觉得自己似乎穿越了时间，离开现代，回到那早已消散了的、我只在电影与书籍中见识过的年月——那些年月里，时光流逝得缓慢，一切都井井有条，依循着文明的守则，连腐败与战争亦是如此。说话的时候，他让自己的朋友劳鲁斯侍候左右，遣他去拿靠垫、雪茄、巧克力，叫他去开关窗子，取来点心与香烟。劳鲁斯行动起来，就如他过去十五二十年来一样，脚步轻快而敏捷，始终那般整洁，一位面容和善的老人，背负着友谊、贫穷——或许还有爱情带来的仆从性格。至少传言如此。也有可能是真的。至少有此迹象。

年轻时，埃里克曾与底层人民有过一段永生难忘的交往。一年夏天，他找了一份修路的工作。彼时年成不佳，他的父亲刚刚过世，而他则要去闯荡世界，求取学问与功名。"作为一名诗人，"他说，"一名准诗人，"他补充道，脸上流露出精巧的冷笑，我发现，这笑容也映在了我自己的脸上，因为我们的心中都怀着一些未曾公开的青春梦想；其实他有一个梦想已然公开，可我们二人都从不提及。"作为一名准诗人，我有那么一种错觉——这也是我亲爱的母亲培养起来的——也就是，我必须去亲身了解这个民族，必须投身于人们的生活，接触这民族的灵魂。所以这年夏天，我决定去西部。"他沉默下来，合上眼睛，十指交叉好似祈祷。"但丁，"他继续道，"不，连在但丁那里，我都没有找到可堪与我所忍耐的这十一天相比拟的形容。那臭气，上帝保佑，那恶臭让我一整天都恶心不已。从不洗袜子。从不换内衣。更不会为帐篷通风。用餐时更是无法形容的梦魇。似乎这些人里，没有一个听说过什么叫餐桌礼仪。他们舔刀子，还咂嘴弄舌，还有一些身体发出的声响，我实在不想记起。那些夜晚，直到如今我再回想也依然无法忍受。还有他们之间的谈话！这些人是动物。是牲畜，脑子里想的无外乎女人的裤……"然后一阵咳嗽。往日的折磨仍用利爪擒住他，要将他拽向自己、拖入泥沼。

他永远也没有忘记这段与我们国家底层群众的交往，永远也没有原谅他们，终其一生都憎恶那些他们所代表的东西。

"大众与文化，"他说，"永远是对立的两极。"

而正当我试图反驳时——因为不管怎样，我感到血液中尚有这份亲缘——他请求我看在上帝的分儿上，替他免了那点无产罗曼蒂克，省省"这些对人类来说比所有核武器更具危险性的精神智障们的矫情迷信"。随后开始谈论起波德莱尔与兰波以降法国诗歌的颓废与堕落。

先前浮现在劳鲁斯脸上的笑纹便消失了。

我默默记下这些话，跟我母亲索尔蒂斯讲了这段修路受难记。她笑，简短评价了一下埃里克和"他的家眷"，还说要是有朝一日能有幸与这么一位名流同席，自己一定得记得舔舔刀子。不过她倒是不大确定，自己能不能弄出那些身体的声响来。"但一两个嗝我肯定总还能挤出来的。"她忽然大笑起来，原来从前听过这个故事。约莫六十年前的这段受难日里，她的哥哥尼古劳斯就跟埃里克住在同一个帐篷里。"你也知道呀，劳西 ① 信教之前是个什么样子，就会戏弄别人，惹是生非。他们用各种方法折磨他、戏弄他，唉，可怜的小伙子。还总叫他**那个姑娘**。他走的那天，他们还送了他一块绣花桌布。"然后摆出一副愤慨表情，不过这可没骗过我们俩。我很了解母亲的幽默，还有她的脾气。

我实在是看不出，他和我母亲——我那个总是集合各式各样埃里克称之为"毫无文化的粗人"的母亲——能有什么共同之处。我也记得很清楚，听修路故事的时候母亲憋笑的模样。

我们各自站在大门的两侧。晚风吹乱了正渐泛黄的树叶，空气中已至秋的凉意。房屋之间，托宁湖 ② 中的喷泉闪烁明灭，于昏暗天空下，在虹色的水雾中泛着光亮。晚夏之夜。

他又递给我一大把苍兰花束，花朵在暮色中灼亮，颜色绚烂而芬芳的花朵，花瓣湿润，像是上面挂着露珠。不是我母亲的花。绝不是她的花。

"黄花茅，"我说，"哪儿能找到黄花茅？"

---

① 劳西（Lási）是尼古劳斯（Nikulás）的昵称。
② 托宁湖（Tjörnin）是雷克雅未克市中心的湖泊。

"黄花茅？"他诧异地重复。"你要它做什么？"

那是我唯一一次重返那片破败的水湾，我的故土，母亲叫我带回来一些黄花茅。她说，黄花茅就长在农场西边的山坡底下。她要把它们放进衣橱和五斗柜的抽屉里，"就跟过去在家时一样。"可自然向我汹涌倾来，教我不知所措。这些岩壁环围的寂静海湾令我恐惧，似乎与一切人类生活、与我的生活都相距得那么遥远，也教我一心只想从那儿离开。另外，农场早已破败，虽然山坡仍立在原地，而我却不认得黄花茅了。我们都不认得。

埃里克清了清嗓子，又将这些花塞给我，说道：

"你把这些花放在她的床头桌上。祝好。衷心祝好。"

当然，我本打算接受的，可某种东西突然袭来，我无法控制，也无法理解，明知很荒谬，却依然教我不知所措。

"她昏迷了，"我说，双手深深插进大衣口袋里。"她失去知觉了。"

我们站在那儿，像卡住的电影，埃里克将花举在空中，我攥紧的拳深深插在口袋里。

"昏迷了。"他终于开口，黯淡的红晕涌上脸颊。

我沉默。

小厅窗边，薄纱窗幔后依稀可见人影，一只白而瘦削的手不安地抚弄着浅蓝色天鹅绒窗帘。一个穿着皮衣、留着粉绿色刘海的生物从对面房子里走出，好奇地看向我们。之后便和着沙哑声音的节奏，一摇一摆走下街去。那声音向夜的静谧咆哮：I don't wanna be a hero, I don't wanna be a—①

---

① 英文，我不想做英雄，我不想做——

埃里克眯眼看我。幽暗的、几近乌黑的眼，斜翘着，在暮昏中闪烁。

"失去知觉了。"他重复了一遍。

我沉默。

而后他猛地站起，越过我的头顶凝眸远眺，好像他在那儿瞧见了什么别人瞧不见的东西。

"风随着意思吹，"他说，用余光瞥着我，额头上的角闪闪发光。"风随着意思吹，你听见风的响声，却不晓得从哪里来，往哪里去。"①

他似乎高大起来，雄浑的话语为这个傲慢的老家伙赋予了某种我认不出的庄严。他搅乱我的心绪，教我不安，几近恐惧，即便我知道这很愚蠢。埃里克说话总是引经据典的。

"把花拿着，尼娜，"他继续道，"把花拿着，转达我的问候。谁知道她到底怎样呢。或者她能听到些什么。"他说，而我分明看到一丝诡笑划过脸颊，仿佛他知道我在想些什么。当然他的确知道。

老家伙！

而现在，我坐在这里，小苍兰散发着幽香。小苍兰。我本打算扔掉的。却没动手。出于某些原因。

或许就是出于让我现在坐在这里的那些原因。并非我愿。沉默太久时，我姐姐马大，还有医生的一个眼神，便将我的抗议扼杀在襁褓之中。而我又能说什么呢？我不明白这有什么意义。我们有专业人士。这种习俗早就过时了。老掉牙了。还是说我没时间。我知道我会得到什么样的

---

① 《约翰福音》3：8。

回答。早就得到过了。马大那个口无遮拦的女人，要是逮到了机会，就绝不会让步。

"你的意思是，你不愿为你就要死去的母亲守夜吗？"她会一字一顿地说，把我拖进无法自拔的绝境。

"能掌控你的时间的人，就只有你自己。"她，马大，我的姐姐说，言下之意是我正在做的事情没那么重要，她就不同，一大家子的家庭主妇，同时还在外工作。无论是小时候还是现在，她的轻蔑都教我恼怒难平。

"你已经跟妈妈保证过了。"她说。

得意扬扬地胜利。

所以我不能违背自己的承诺。虽然我完全不记得自己承诺过这些。知道那都是她编出来的。肯定是她编出来的。我从没承诺过这些。从没。不可能。可马大的眼中没有一点怜悯。只有一向固执的愤怒。我太了解了。她想要你，他们说，你。总是辜负、辜负一切的你。我知道，我会在这间房间里，这间完完全全地压迫着我的房间里，一直坐到这一切结束。

我的包里放着本来打算今晚处理的材料。城里一家酒店的手册设计，一款难以下咽的饮料的广告策划草案。可能是不大重要，不过可比马大的家务活赚得多多了。还有她的工人暴动。

但我无法集中精神。一切都那么安静。我不习惯这样的沉寂。那背后有某种嗡鸣，我觉得好像听到过，却又记不起来。海的声音？河的潺响？

应该带本书的，或者杂志，能用来消磨时间的东西就行。

我伸手去拿包里的文件夹，手指碰到了一个柔软的东西。

披巾。把它给忘了。这条我出发之前心生感触而拿走的旧披巾。妈妈给我的礼物。我拿起它，拆开外面的棕色旧包装纸。颜色已渐消褪了，流苏也掉了，里面散出一股陌生的气味，清新却苦涩。尽管柔软，披巾的触感仍有些僵硬。不由自主地把它披上肩头。却停在半空。将它叠好。重又塞进包里。

在我面前，这张床。

一切都那么安静。

这沉寂，围绕着我。混着某些忐忑。逐渐靠近。让我慌张。我看了看钟。十二点。时间静止。不肯挪动一步。

用来消磨时间的东西——我们的用词多么古怪——消磨时间——自己的敌人——消灭——

我还没转达他的问候。

也不会这么做。

即便迷信与妄念未曾纠缠，现实已然足够艰辛。

时间中的沉寂——停滞的时间。

在我面前，这张床。

谁知道她到底怎样呢——

海湾浮现，恐怖的山之巨人，倾身扑来，没腰的高草呢喃低语，马利亚的声音，无尽沉寂中的喁喁细语，苏艾娃的故事，卡特琳的故事，所有这些故事——还有我们三个，尼娜、阿德纳尔、海尔吉，在这群山间的旅行，在这旷野间的足迹——

远方传来一声寂寞的鸟鸣——

那是鸟的时节。悬崖的时节。北极之隅的宁静海湾中，忙碌与历险的时节。

濡湿的清晨，从床榻起身，抖擞地将睡意甩出身体。而后便动身出发。逶迤登上葱茏的坡脊，愈来愈高，终与悬崖际会。一群人背着匣，神经紧张，因为没人知晓这一天会带来些什么。

峭壁边缘候着那根盘起的绳，仿如古老传说中的巨蛇。此处的这一条能予人金子。如若上帝愿意。一切都取决于上帝高深莫测的意愿。

人们抹了抹鼻涕。清晨微凉，行路也急。最后一段路，肩膀下坠，肌肉紧绷。仍要一试，征服这悬崖。

悬崖对着自己的来客们冷笑。瞧不出人与鸟的区别。黝黑的石墙中盈溢着生命，这里的一切都充盈着生命，甚而下至深渊，海浪的白沫在那儿向着绿藻生长的石块天真呢喃。聒噪而忙碌的生命。却也有死亡。一块岩石呼啸飞过，一只岩脊的栖禽便被抹去，消失——只剩残骸随其飞过，血色的残迹。几瓣羽毛轻巧地飘入春日清晨。将要降落在这诡异惊叫的世界，这无比狡黠的丰饶与毁灭的世界。那只苍灰的爪，在此等着捕捉每一个胆敢挑战悬崖的人。

悬崖的时节。危险的时节。也是异域船只在地平线上出现的时节。扬着白帆，船只寻寻觅觅，进入这些北方的海湾，抛锚停泊。收帆之时，便高昂着头倒映进海湾的平静水面。这些神秘的梦幻之船，伴着陌生的异域芬芳，与悬崖沉重而粗糙的气味迥乎不同。清晨日光下，一艘小船出发，航向陆地。

农场里，老西娜做着编织活计，用沙哑的老人嗓音哼着歌谣。

> 女孩儿们沿着海
> 打南边走来
> 穿着长长亚麻裙
> 还有蓝麻彩；
> 波涛翻涌起来，
> 我要一个女孩。

突然停下来，仔细检看手里的绿色长袜，有点不对劲儿的地方，看看，果然呢，她在这儿漏了一针。她费力地改着针脚，省得还要整个儿拆掉，好在成功了，虽然一开始不大顺利——她又哼起这首唱穿蓝亚麻的女孩子们的歌谣。

"我要一个女孩，"她哼着歌，充满崭新的力量，又停下来，放空目光，望向远处，扭了扭身子。"噢，是了，很久以前了。"她嘀咕着，把针伸进头巾下挠了挠头发，又眯着半瞎的眼，看向从房子烟孔中射进的那饱含生命力的日光。追随着它的轨迹，直到它在居室地板上破裂开来。暗色地板上的一条光带。春天已降临在这座农场。随之而来的还有蛋，上帝赐福的蛋。老西娜吞了吞口水，嘴里继续哼着之前的副歌，还有其他适合这一天的曲段。

女主人站在院子里，用手遮着眼睛，脸庞神秘莫测。

没人知道斯蒂凡到底是从哪儿把自己的年轻新娘搞来的。有人说是从北部或者东部，甚至是南部，也有传言说是遥远的外国或者精灵的世界。反正，日丽风和的一天，这位将近五十岁的鳏夫带着一位年轻的姑娘来到这儿——他今后的妻子、农场的女主人。沉默寡言的女孩，浅色的眉毛与睫毛，一双无比神秘莫测的眼，教每个长久望向它的人不知所措。大家对此都嗤之以鼻，拍腿长叹，盼着看不祥之事发生。可什么都没发生。甚至也没有孩子降生。——苏艾娃，异教的、陌生的名字。这里的人们不认得这个名字。——但公正地说一句，她很能干，什么活儿都做，看上去很苗条，行动也很敏捷，她的衣服上从来都看不到褶皱，所以人们都说，她的整洁干净简直不正常。苏艾娃。大家都说，她会各种法术。而具体是什么，谁也说不清、道不明，但她确实与众不同，这一点谁都能看出。有时能听到她唱奇怪的歌，据说听到过歌声的人都再不似从前。别人都瞧不出有什么好笑的地方，她反而大笑。夜晚，当所有正常的基督徒都已就寝之时，她偶尔会出门。也不说自己做了什么。大家觉得，她是去采草药。也相信，她知道该如何使用它们。而黄昏时分，不时还能听到这神秘的歌声，清亮的音调仿佛直飞天际，将每个听众裹挟而走。所以最好万事谨慎。许多人的狼身就精巧地藏在羊皮底下。这里的人们清楚这一点。然而，虽然盯得仔细，但似乎确实没有什么能表明她不是自己的丈夫恰好想要的那个女人。真是奇怪。

这一天过去了。

夜幕降临，海洋、陆地与天空笼罩在一层奇异的光亮之中。日夜交汇处，悬崖上的人带着自己的担子出现了，背着匣盒，穿着盛鸟蛋的衣服走出夜晚，仿似非人的生物，或童话里的异兽。这是慷慨的一天。与悬崖的搏斗以胜利告终。这一天。

　　山坡边，他们停下来休憩。海湾在夜光中闪现，从这里看去狭窄而荒芜——在山之巨人的怀中，张望海洋的一个小点。

　　可海滩上是什么在起起伏伏？

　　"船？"斯蒂凡的儿子索尔凯尔说，声音犹疑而焦虑。

　　确实像船。可不像他们认识的船。大家面面相觑，疑惧渐生。斯蒂凡皱起眉，却没多言，只是加快了自己下山的步伐。随后的是他的侄子雅各布，下悬崖采蛋的便是他，这个愣头愣脑的家伙，据说在万丈崖下还用各种不敬神明的亵渎言语挑衅悬崖与命运。"只是因着上帝特别的宽容与仁慈，他才没给自己招来悬崖上的种种恶灵和精怪。"老西娜说。而雅各布只是笑笑。悬崖的异灵吓不着他，只有自己的恐惧才会。全无男子汉气概，也绝不允许那样。因为没有意义。悬崖是非去不可的。所以他笑。可现在他却笑不出来，他冲下山坡，终于回过神停下来时，发现自己早已领先斯蒂凡一大截。表情凝重。难怪。传言说，他不时便久久盯着年轻女主妇的明亮眼睛看。随后跟来了索尔凯尔与帮工埃纳尔，最末是女人们，古德丽德与弗丽德梅。人人都知道，绝不可相信那些航行四海的异域骑士们的声誉，永远都无法知晓他们会带来些什么，即便他们的货物很不错。苏艾娃倒似乎知道如何跟他们相处。同这些深色眉毛的男人跳自己奇怪的舞蹈，一种他们似乎懂得欣赏的舞蹈——从一个人跳向另一人，手抚过浅色的辫子，伸向苗条的腰间，手指奔向束在深色上衣中的胸脯，而后，一切便都消失，一场消散了的幻景，而活泼的笑声仍在空中回荡。晚上，她独自站立，手里拿着想要的那件货物——表情舒展，眼眸含光，她目送船只驶离陆地。一动不动地站了好一会儿。然后回到农场。毫不理会那些经验更加丰富的女人们的警告。一个眼神便让人们闭嘴。斯蒂凡不置一词。一如平时。

"报应来了。"古德丽德喃喃自语道，不过声音很低，所以没人听见，连弗丽德梅也没有。幸好。她听不得任何一句诋毁自己这位年轻的准婆母的话。

船停在海滩上。一艘陌生的小船，从停靠在海岸边上的白色帆船驶出。夜已降临。大家跟在雅各布与斯蒂凡身后，极力加快自己的步伐。

霎眼间，苏艾娃就站在他们中间，就像从地里蹿出来的一般，行为从容一如往常，而眼眸或许比平日里阴暗了些许，嘴角边的一抹褶皱，斯蒂凡也觉得自己从未见过。她递给他一把大而精致的锻铁钥匙。

"仓库钥匙？"斯蒂凡讶异道。"怎么了？"

"没什么。"苏艾娃答道，褶皱加深了。"不过路过的时候，你们可以顺便去那儿看看。"她又道，便转身消失了。

男人们面面相觑。当然，看到苏艾娃安然无事着实让人松了口气，不过显然这里发生了什么不对头的事。苏艾娃往常不会迎接他们下悬崖，更不会提出这么古怪的请求，除非是发生了什么怪事。紧张与恐慌袭来，弗丽德梅脸颊苍白，古德丽德口中唤着耶稣，祈求上帝保佑，赐予他们力量。

临近农场，男人们卸下担子，加快脚步赶往仓库——这个地方最壮观的房子。虽然半空着，用锁锁住，里面仍然散发出甘甜的鱼干香气。仓库里有许多桶，桶内盛满了一年积下的珍贵饮食，虽然一个漫长冬季过后已所余不多——阁楼上，数个箱子给牢牢锁住，旁边是一大堆串成捆的干鳕鱼头，橡上挂着几串比目鱼的肥膘，成条的鱼肉干到处都是，还有酵鲨鱼块，各种渔具与绳索，及其他各式工具。当然里面还有更多东西，一张肚皮可完全装不下。

男人们在仓库门前列成一队。双拳紧攥，眼冒怒光。

夜晚宁静，唯有海浪拍打礁石。远处，静谧之中传来渡鸦嘎嘎，不祥而恐怖，女人们瞠目相觑。

斯蒂凡走向库门，查看片刻。

所有人都忐忑等待着。

沉默继续延展。

远处又一声鸦鸣。

终于，斯蒂凡猛地将门推开，男人们举起拳头。

可什么都没发生。仓库的漆黑内脏中没有传出任何声响。

男人们小心地迈进仓库，斯蒂凡打头，雅各布紧随其后，再次是索尔凯尔和埃纳尔。女人们跟在后头。

黑暗中，仓库内里隐约堆出三个不规则形状。

"上帝啊，"古德丽德一声苦叫，抓紧弗丽德梅，"她杀了他们！"

"把桶掏光了。"斯蒂凡暗自说。就在此刻，地上的一堆东西骤然扭动，倏地立起，像极了一条正欲咬人的蛇。古德丽德大惊失色，吓得差点儿瘫倒在地。这人很高，形貌骇人，似乎什么事都做得出——一个黑眉毛的男人，一对黑眼睛，一只鹰鼻，头发凌乱而卷曲。看向农场诸人时，他的洁白牙齿闪着光亮。

"艾芙。"他突然叫道，也许是在诅咒他们。古德丽德在胸口画着十字。

"艾芙。"他又喊了一声，笑了起来，朝着古德丽德跳了一步，声音中含着喜悦。古德丽德连忙退出门去，撞进弗丽德梅怀里。男人停住，轮流看了看她们俩，似乎有些迷惑，然后看向斯蒂凡和男人们。

雅各布在发抖。他身上的每一根神经都紧绷着。这男人的眼睛里有些东西，他的表情里有些东西，让雅各布忍不住想动手。必须用尽全力才能站稳。

男人咿咿呀呀地说了些什么，然后转过身去，朝自己的同伴狠狠踢了几脚。他们咕哝着翻过身，又挨了重重两脚后才醒过神来，惊恐地看着周围，挥着拳头挣扎起身。而男人挥手叫他们退下，继续叽里咕噜地说自己的话，可谁也不明白。一般时候，斯蒂凡还能跟这些远道而来的人们交谈得来，可他也不懂。他们只能分辨出那一个词，一再重复。艾芙。——艾芙。每次说到这个词，他的眼角就闪出笑意。比起别的，这笑容更教雅各布难受。无法容忍的笑容。

"雅各布。"斯蒂凡正色道。雅各布停住了。不情愿地退回原位。

"出去！"斯蒂凡突然厉声喝道。"滚出去！"声音愤怒而沉重，罕有的沉重，教人惊诧；同仍在空中激荡着的雅各布的狂躁一样，一反惯常。毕竟说到底，这里什么也没有发生，只是少了一桶酒而已。自然是够糟糕的，可是跟原本可能在这儿发生的灾难相比，便算不上什么了。

在这北方，人们已习惯了种种，自己的事情总需要自己去处理。人们觉得如此最好，并不信任糊涂官府的指令。所以不管怎样，还是值得庆幸，赞美上天坚定而温和的指引。因为很明显，这里的每个人都是输家，输给了一个小小女人。而且这么个阳光明媚的春日里，在这仓库里住上一遭，这么好笑的事情肯定会让人们笑上好一阵。说实在的，这几个外国壮汉竟给如此耻辱地戏弄，真该羞愧地遮上脸才是。可站在那儿的那个人似乎并没有羞耻感。

不过斯蒂凡的怒喝显然发挥了效力，只见那人给自己的同伴打了个信号。而在这之前，就在雅各布看向他们的刹那，他分明看到一丝不屑神情掠过那人的黝黑脸庞，黑色眼眸中透出轻蔑。雅各布再也按捺不住。无论如何都得让他尝尝鼻子见血的滋味，这个挂着蔑笑、神色傲慢的男人。让他尝尝自己的所作所为该得的后果。

可斯蒂凡阻挡在前。沉重而坚定地挡在他的前面。而此时，另两个男人从地上拎起鞋子匆忙出来，疾步跑下石滩，朝自己的船奔去。可那高个子的男人却缓步而行。海岸边，他们看到他转过身来，目光投向农场——他举起手，仿佛在朝谁挥手，然后他登上船，消失于黑暗中。

分蛋的时候，不管怎样引出话题，大家不知怎的，都渐渐不再谈起刚刚发生的事。或许是因为雅各布那四处盘旋的目光，尖锐而刺人。大家的话讲到一半便沉默下来，笑容也随之挥散。斯蒂凡对此不置一词。苏艾娃也是。仅仅谈着一些再平常不过的琐事。微笑着。好像并没有什么特别的事情发生。斯蒂凡也什么都没问。

古德丽德大声喷着鼻息，张开嘴巴。而雅各布的目光随之而至，已到唇边的话语便又被咽了回去。她目瞪口呆地盯着雅各布，然后转过脸去。她从没有想到过，他，雅各布——他的父亲溺死海上、家庭支离破碎之后，斯蒂凡把他带来这里，自此以后她就一直照料着这个男孩；这个孩子曾在她臂弯里安睡；她曾为他讲述各种故事与传说，尽其所能地偷塞给他各种吃食——**他**竟会用这种眼神看自己！他一定是中了邪！她也知道是谁给他施了法。

沉默随着人们进了家门。除了偶尔的一两句话，就连明天的天气都鲜有人提起。只有老西娜在找地方坐下的时候，嘴里还不住地哼着些什么。古德丽德觉得听起来像是些古老的祷文，甚至有可能是咒语。祛退邪恶力量的咒语。没错，的确有必要，因为这里似乎游荡着许多东西，许多不祥的东西。

内室里渐渐安静，清嗓子、吸鼻子的声音安静下来，鼾声取而代之，劈开那潮湿而沉重的空气。伴着老西娜的喃喃自语。不时她也会沉默些许，然后便传来一阵低低的骂声，甚至还有吐口水的声音，絮絮的呢喃便重又开始。古德丽德诵念了自己知道的每一篇祷文，一词一顿地虔诚祷告，却仍是徒劳。即便反复祈祷，她还是怎么也睡不着。她很焦躁，很不安，雅各布的双眼一次又一次地浮现在她眼前。她叹着气，仍是辗转反侧。其他人似乎也是如此。在这春夜里，人们的睡声异常喧嚣。这一夜似乎永远也不会结束。

而这一夜还是结束了。跟其他夜晚一样。到了早晨，仍要从床榻起身，动身出发，与悬崖际会。

将近傍晚六时，一个女孩在山峦高处出现。好似一只坠落的鸟儿，她滚下山坡，飞过石地、苔藓与沼泽，跌进一条因融水滋养而漫涨的小溪，立即爬起来，向前奔去——

一只径直奔向农场的黑鸟。

"一切都好吧？"

门口的一张脸庞，微笑。不是陪我进入这间小苍兰飘香的房间的玛格列特——她的脚步安静而可靠，厚厚的弹力袜下有一双布满曲张静脉的脚。是一个女孩的脸，一张年轻的脸。

我慌忙用手臂盖住纸页，看着她，没有答话。

一切都好吧？

一个令人费解的问题，太荒谬了，没法回答。

"或者，要咖啡吗？"她又问道，声音低了些，含着尴尬，微笑不再。

我摇摇头，不要咖啡，正在奔跑，同弗丽德梅一起，我已卷入了一个故事之中——湿重的裙摆拍打脚际，牵绊着每一步，本该把裙子改短的；一只鞋已经开裂，鞋带也断了，鼻子里满是暮春气息。湿羊毛袜扎得我很痒，而弗丽德梅继续跋涉向前。在另一个世界中，就在门撞上门框的同时，我跟随她进入了农场，一个我觉得不能住人的破棚，而她却无比喜欢——我知道，她父母曾经以及现在所住的窝穴，自然不能跟这农场相提并论，我也佩服苏艾娃一点一滴完成的一切修整：房顶添置了新木，地板也已翻新，墙壁已经修补，又给房屋加了窗子。当然一切都很整洁，这也是让古德丽德气恼的又一个理由。连老帮工埃纳尔都被她弄去洗了澡，用的是她煮出来的能够清洁一切污垢的特制液体。而弗丽德梅仍然向前奔去，消失在黑暗的走廊中；经过厨房与储藏室，穿过拉门，进入牛棚与干草仓，又进入起居房。大白天老西娜正在床上打瞌睡，难得闲空，织针掉在地上。土腥气味、潮湿而凝滞的空气，还有黑暗都让我泛起一阵恶心。而老西娜嘴里的嘟囔——客人，这里来了位客人，又来啦——在恶心与晕眩中消散。但弗丽德梅不见了，在院子里，四下张望，神色慌张。苏艾娃。脸颊旁一只温暖的手，她初见时便对她微笑的脸庞，说：现在一切都会好的，她什么也不必担心，她，农场上的女工。而苏艾娃：母亲，姊姊，生命之光。

当心，弗丽德梅，可不要提那样的要求。

而弗丽德梅又冲了出去。她已看到了海滩上的苏艾娃。高喊她的名字。却只有些沙哑的细语。

海滩上站着一个弗丽德梅不认识的女人，一个从没见过的女人：她的脸了无生气，充满某种暗淡而贪婪的光芒，嘴唇肿胀，眼眸灰蒙。一个陌生女人。

"苏艾娃。"弗丽德梅轻声喊道，可女人并未听见她，也并未看见她。只看得见那条离岸的船。

"苏艾娃！"弗丽德梅喊道，女人缓缓将眼睛撕离那疾速远去的黑色头颅与宽阔肩膀——疾疾远去，那样快——又看向女孩，似乎此前从未见过她一般。弗丽德梅跪倒在石滩边。

"苏艾娃，"她朝着草地低声喊道，"苏艾娃。"

"唉。"女人说，声音透出一丝烦躁。她的声音也那样陌生。"怎么了？"

弗丽德梅抬起头，看向那正挣扎爬上白色渔船的男人。一瞬，他立于白色船首，她看到他似乎穿着一件披风，黑色披风，风帽垂下遮住脸庞，看到他向着陆地挥手，看到苏艾娃向着他的手举起自己的手，微笑荡上脸际，陌生脸颊上的神秘笑容。她想要抓住这条举起的手臂，想要高喊：

不要！不要挥了！你没看到这是谁吗！可她什么也没有做，在这攒动着的魔法面前，她不敢。只惊叫道："出事了。"而话语却被扼在喉咙中。

她站在海滩上，白皙的手举在空中，散开的浅色厚辫漫披在背上，在阳光中闪耀；向前倾去，身体松弛而沉重，仿佛为奇异的力量所控制。她周围的空气在震颤，弥漫的红色光芒，仿佛是下一瞬便能将她吞噬的火焰。

"出事。出事了。苏艾娃。"

"出事了。"海滩上的女人重复道，好像没有听懂这个词，黝黑男人的形象牢牢擒住她的眼睛，拒不放开。"出事了？"她迟疑地重复，缓缓转向弗丽德梅，好像现在才刚看见她，双眼游离，似如梦初醒。"谁？"她问道，那样尖锐。

弗丽德梅张开嘴巴回答，可脱口而出的不是言语，而是哭号，令她窒息的沉重啜泣。"雅各布。"她终于抽噎着吐出一句话。"石头。"她又抽噎出一句，又试着站起身来。雅各布。某些东西将她刺穿，从内里将她撕裂，她重又跪倒，对着海藻呕吐起来。

雅各布。

她只是个十四岁的小姑娘，四肢发达，平凡而低微。他从渔场归来，身姿矫健，和其他所有人都不同，已是一个捕蛋人，农场上的养子。笑，玩闹，黑暗走廊中的吻。伤口。甜蜜过其他所有。生活。梦。

那一日必要你的灵魂

这话从何而来呢？①

只一瞥——

___

① 《路加福音》12：20："神却对他说：'无知的人哪！今夜必要你的灵魂；你所预备的，要归谁呢？'"

"他还活着吗？"苏艾娃问。那个站在海滩上、目光穿越弗丽德梅的女人消失了，这张脸重又成为苏艾娃的脸。五六年前，出现在这里，剥夺了她的梦想的苏艾娃。只一瞥，她便明白了。明白那只是一个寂寞傻姑娘的幻想罢了，所以古德丽德的厌恶与无休无止的抱怨也是多余的。雅各布的眼睛诉说了一切。看着苏艾娃。追随着她。永远。

那一日你的灵魂——

"弗丽德梅，"那声音又说道，温柔、抚慰，似一只清凉的手，在她呕吐、哭泣之时抚在她的额下。苏艾娃的手。

"弗丽德梅，他还活着吗？"那声音又问道，音量更大了些，她试着回答，而黄绿色的胆汁仍从她的嘴里涌出。活着，海浪间一声低语，嘴里满是胆汁，将手从自己额上推开。走开。把手拿开。忘记了苏艾娃教给她的一切，忘记了母亲、姊姊、新生活之光，更好的生活——只记得自己的痛苦。

那一日——

雅各布的身体挂在绳眼中——一颗滴血的头颅在斯蒂凡怀中垂荡——古德丽德的声音，高而单调，连绵不绝，不断升高，扑进悬崖，于鸟鸣、嘈杂、喧嚣之间消失。不。古德丽德的脸。石头。古德丽德，或许也曾有过自己的梦，或许在女主人丽贝卡死后，在她负责持家的这些年里，也曾有过各式各样的想象。直到苏艾娃到来，改变了一切。改变——

雅雅各各布

剧烈的疼痛，她摔向一边，尖叫戛然而止。苏艾娃给了她一个耳光。递给她一块湿东西来擦脸。弗丽德梅慢慢跪起身子，抹了把脸，擦去眼泪与呕吐物。她颤抖着。跟跄着艰难站起，挡开苏艾娃的手。弗丽德梅。不再是那具在滩石间蠕动、在漆黑尖叫中瓦解的啜泣肉体——弗丽德梅，农场之子、暗蓝眼睛的索尔凯尔的恋人，苏艾娃的女伴，弗丽德梅。

"来。"苏艾娃说，抽出弗丽德梅手中的湿布。"现在还不是哭的时候。"

一直以来我便是如此想象她们的。两个女人，一个白皙，另一个更黑一些，仿佛刚经历一番打斗般凌乱，前往那座草木丛生、而如今早已破败的农场。尼娜，坐在倒塌的墙壁上，在一个多世纪之后看着她们从黄昏中走出。她们走得很急，苏艾娃稍稍在前，弗丽德梅在后，都弯着腰，好似顶着风暴一般，手垂在两侧。背景中，一艘驶离陆地的浅色渔船。晚光里，草叶上泛着蓝绿色的光泽。悬崖阴影下，两个深色衣着的女人疾步行走，笃定地——无人回头。

"她一直都没原谅苏艾娃。"马利亚的声音穿越年月说道。

"胡说。"索尔蒂斯的声音从更远处传来，妈妈的声音。"大家都说她们婆媳的关系特别亲密。她们之间也从没有过半句口角。再说，有什么好原谅的呢？"

"没什么，"马利亚的声音，"不过，也或许什么都有。"

"唉，马雅！①声音满是义愤，几近羞愧，甚而痛苦，为这种善感与造作之语，为这种罗曼蒂克。"她们在同一个地方生活了四十多年。"

"所以呢？"

"没人能带着嫌隙生活这么些年。"

---

① 马雅（Mæja）是马利亚（María）的昵称。

022

"索尔蒂斯，你真幼稚。"

可女孩，尼娜，也是卡特琳·苏艾娃，她知道，弗丽德梅从没原谅苏艾娃。她知道。她十一岁，快要十二，已在书中读过惊心动魄的命运与爱情，等不及要加入那激昂的舞蹈。

"雅各布呢？"她不耐烦地问道，为自己母亲的大惊小怪，为她对一个跟自己无关的故事指手画脚而气恼不已，"雅各布怎么样了？"

"还有，干吗要给孩子讲这种故事啊。我看，你还是来帮我洗碗吧，别再瞎说什么自己的曾祖母曾经跟别的男人私通了。"

"好啊，可是好蒂莎①，我更想讲故事呢。"

马利亚的笑声在客厅中回荡。

"雅各布呢？"尼娜又哀叫起来，很想把通往厨房的门关上，免得她的母亲一直插嘴，捣毁一切。"雅各布怎么样了？"

"雅各布。"马利亚说道，玩味着这个名字，或许从女孩的眼中看到了对圆满结局的渴望，却也有对悲剧、恐惧与死亡的热切。"雅各布。"她重复道，眼眸暗沉下来，故事重又继续。

女孩蜷进椅子，着魔一般看着马利亚从桌上的烟盒里甩出一根棕色女士雪茄，将其点燃。她将瘦长的雪茄送至唇边，纤细的金链抚弄着浅色的丝绸饰边；女孩深深吸入这芬芳——马利亚的气息。妈妈的姐姐，虽然比妈妈更老，却像是杂志或影院的海报，还在国外住过。马利亚，沙哑

---

① 蒂莎（Dísa）是索尔蒂斯（Þórdís）的昵称。

而魅惑的声音，被雪茄气味与香奈儿五号的幽微香气笼罩。

雅各布。

风中，蛋黄、鸟粪与血的浓郁气味，混着血的春日气息。

一群悲伤的人爬出岩架。一群沉默的人脊背低垂，缓缓爬下陡坡，巨型风景中的一个黑点，徐徐向前。一群贫穷的人，步履沉重，负着更加沉重的担子。

这一击已然落下，苍灰的爪已显出力量。

是苏艾娃。向这群黑乎乎的人跑来。已遣弗丽德梅去等待，生火，在灶上烧水，为他铺床，等待。她会为他铺一张柔软的床，尽其所能的柔软。在这悸动、无尽的等待之中，耳朵捕捉着其间的每个声音、每个动作。"唉，唉。"老西娜嘟嚷着，一瘸一拐地想要帮忙，却怎么也无法靠近。只得退回床上，回去编织。而在蹒跚经过之时，她轻轻抚过弗丽德梅的面颊，或许并不经意，或许又是故意，谁知道呢。但不管怎样，这房里的黑暗似乎淡了些许。只一会儿。但仍然，淡了些许。片刻。

苏艾娃沉默地检看着雅各布，小心地擦掉他脸上的血渍。眼皮微动，并未张开，皮肤绷在高高的颧骨上，乌青颜色。她知道那颜色。从头顶裂到耳朵的参差伤口冲她张着血盆大口。身体歪扭，仿佛巨人曾将他捏在掌心。她擦去半凝在嘴角的一条血线，而走在雅各布身旁，忽然一种异样的预感向她袭来，一种她试图驱散的感觉。因为那是幻想，是荒唐。这种事情，没人可以如此快便确定。可是她躲不开，它紧紧缠绕着她。她知道，**知道**她的身体里孕育了一个生命。完全确定。

她眼前一黑，没了知觉，直到有人狠狠推了她一把，推得她一个趔趄。

"别碰他！"是古德丽德，声音冰冷，如冰冻的铁，撕裂血肉。男人们面无表情地看着前方，假装他们什么也没听见。"你别碰他！你造的孽够多了……"她继续说，却突然停下，张大了嘴，盯着那从苏艾娃手里掉落在石地上的东西。展开着躺在浸满红色的泥土里，蓝色的底，宽阔的边饰，带着流苏。披巾，不是这里产的，肯定不是。轻轻飘扬，仿若拂过泥土与石头的一阵微风，陌生世界的芬芳便含蕴在这斑斓颜色中。这一天的礼物，染着血迹、眼泪与呕吐物。

一瞬间苏艾娃也盯看着，然后在众目之下将其一把抓起，紧紧攥在手里，目光同时扫向自己的丈夫，而他立刻移开了眼。

一种类似笑容的东西浮上古德丽德的脸际，一个怪笑。

但什么都不能阻遏那个涌动于胸的奇妙发现，不管是古德丽德的笑，还是斯蒂凡的眼。甚至浑身是血的雅各布也不能压抑这罪恶的快乐。一个生命。终于有了一个崭新的生命。

苏艾娃抖落披巾上的泥土，将它折起，小心地塞进围裙下。然后缓缓直起身来。

雅各布发出一声微弱的呻吟，古德丽德不由自主地退到一旁，而苏艾娃又移到自己的位置。她温柔地抚过这张一动不动的脸，寻觅着生命的迹象。灰白的唇，挺拔的鼻，在紧致的脸上显得格外大，紧闭的眼。只有凝着血块的金发伴着每一步摇曳。

雅各布，她的友人与兄弟，似一棵稻草被斩落在地。

痛苦悔憾之中，苏艾娃抓住雅各布无力的手，将它紧紧握在自己手中，捏紧这只手，仿佛想让自己的生命涌入他的身体，直到走完最后一段路，到达农场，才把手松开。苏艾娃与雅各布。他们两手相扣，一只对天举起的拳，一对祈祷的手。

"他活了六日。"

低微的哀泣撕裂沉寂。

尼娜从农场的废墟上跳起，穿着黑裤与羊毛衣的纤瘦女孩，黑发飘扬。她倾听着这份沉寂，这并非沉寂而是某种迥异之物的沉寂，迥异于她曾经历过的一切：石滩传来的低微沙沙声响，咄咄逼人，窃窃私语，河的潺响，草叶间的窸窣和弦。这无处不在的高草，没腰的高草，缠绕着双脚，藏匿一切，吞噬。她乜着眼将目光投向山坡之上、海湾之间，却一个人也瞧不见，杳无人迹。只有她置身在这巨型风景之中。独自一人。

稍远处的石头上站着一只鸟，盯着女孩看。一瞬间她回看过去。小小的红眼冲着她闪亮，在夕阳下恨恨地泛光。

影子在山坡上渐渐变厚，逐步迫近。慢慢暗沉的颜色，满浸着色彩，浓得可以跌入其间，坠落。到处都是这植物的强烈气味，野生的茂盛植物，混合着底下枯草的腐烂味道，一条腐烂的软毯，伴着每一步起伏。教人窒息的植物气味。里面有一丝咸味，生涩，来自海滩、海水、群山。

她的身后，一座与死人相伴的农场，农场的废墟充溢着死亡，而我仍然感到恐惧是怎样张开自己的爪，我看见她猛然回首一瞥，确认那废墟残迹仍在其位置上，确认她的确在此，在此时此刻，不是在几世纪前的故事里，一个与她无关的故事里；她在等待消失于这无常的群山之间的海尔吉与阿德纳尔，这藏匿着危险、潜伏着死亡的群山——

将她独自一人留在这里，独自一人在这沉寂之中。

鸟儿尖鸣一声，飞上空中。在海面上盘旋，小小的鸟儿，竟有不可思议的翼展，徘徊着，陡地潜进去。又出现在前滩一块半浸在海里的石头上，红红的喙里噙着扑腾的活物。

尼娜攥紧拳。

五个小时，即将六个。

她继续扫视着海湾，望向陡峭的山坡。旅游手册里的图片：庄严的美——壮观的自然——接近则是另一回事，接近是危险的。

两个小时，他们说。最多三个。

"放轻松点！他们就来了。"她大声说道，被自己的声音吓了一跳。然后耸耸肩，摸出一支烟。要将它点燃。

火柴盒空空如也。

她蹚草来到放行李的地方。在背包里翻找。

什么也没有。

将里面的东西撕扯出来，随处扔开。

家乐、亨氏、梅尔罗斯，鲜艳的色彩散落在草叶间，云斯顿、西利乌斯。

两手摇晃背包，在草叶间挖找，翻寻，白皙的手，染红的指甲，指甲油已渐剥落，粘着草绿，泥土。

苏艾娃与雅各布的手——

又是那哀泣，绵长，悲戚。

双手渐渐僵硬。恐惧将爪子扣起，紧紧抓牢。今早，她悬荡在山巅的峭壁边缘之时，也是这同样的恐惧。一只手死死抓住，听见岩石坠落。感到自己的脚下开始松动，感到自己亦随之转动。挣扎，抓向空无，终于有了抓手，一隅山尖，而岩石呼啸着坠落，下面只有岩石、碎石、悬崖，而在某个遥远地方，一点绿色，迢遥的远方——

悬荡在这空无之中——永远——独自一人——

最终还是将自己拖了上来，不知是如何做到的，呻吟，喘息，并未尖叫，恐惧太盛。终有一处遮蔽。足够蜷起身子了，要静静待在那里，拒绝移动，嘴唇僵硬，只能吐出一个不，不，不，就在这里，永不离开。

海尔吉与阿德纳尔的笑。而在她内里，纯粹的恨。一种她此前从未体验过的情感。冰冷，纯粹——在岩石上翻滚，这笑声，钻进脚底，在绳子于腰间系紧之时。而海尔吉的声音，怀着小牛的母牛都能跑过去，一个响鼻都不打的，银行街你自己能走下去吧，一样的坡度。而在她内里，这恨意，透明而冰冷的柱上，结的一朵花，在笑声中绽放——在他们为她系上绳子，将她放下悬崖之时。

两个救主，海尔吉与阿德纳尔，哥哥与恋人。是他们，哄骗了她参加这趟旅行。将绳子系在她的腰间，畅声大笑。海尔吉、尼娜与阿德纳尔的三人组，离散了，失去了，从未存在过的。而她也一同笑，虚伪，满是对复仇的渴望，笑，知道自己永远也不会忘记欢笑群山之间的这一场旅行。

一阵微风，高草起伏，来来回回地摇摆。草叶间的舞蹈，从容，魅惑。

潮湿沥青的气味，点亮的橱窗，疾行的人们，笑声，喧闹。锁住这里无所束缚的轰鸣，牵制住它。

活了六日——

或许他们迷路了。摔下去了。大地将他们吞噬了。他们消失了，同雅各布一样。而她独自一人在这空旷中，这杳无人烟、岩壁环围的海湾中，只是一个遗失了的故事中的片段，同雅各布，同苏艾娃，同草叶间马利亚的低语一样。这喁喁的低语，满是凄怆，那样靠近，将时间都抹去、消解，让过去与现在、过去与过去交汇，一切只在转瞬之间、电光火石之间。

仍是那哀泣。或许是鸟。或许是狐狸。抑或来自几世纪前的一声呻吟、一声叹息？抑或来自将来的未来？

尼娜蜷起身子，背对农场，伴着草叶间的低语。像只蜗牛，失聪的蜗牛。尼娜，那么年轻，也如从前的埃里克一样，被人们关于民族起源与民族精神的言论所骗诱。尼娜，城市之子，怀着对街道、咖啡厅与喧嚣的热望，却在这里蜷缩于草叶之间，被围困住，没有火，孤身一人——悬崖阴影下一个被骗的傻瓜。

鸟儿飞起，绕着她盘旋了几圈，然后重又坐到石头上，昂起头，张开喙，笑了。鸟儿笑了。

尼娜猛地站起，跳过石滩，跳下海滩，抓起一块石头，用尽全力朝鸟儿掷过去。

鸟儿脚下踉跄。缓缓地转了半圈。然后坠进海里。缓慢地。无尽缓慢地。

尼娜麻木地看鸟儿坠落，看见柔软的波浪将它拥入怀中，抱着它一来一回、一回一来地轻轻摇动，平静海浪里一动不动的鸟儿，静静地被带到岸上——

斯蒂凡将鸟儿从海滩上捡起，心不在焉地看了看，又将它扔掉。可怜的小东西，羽毛是没法用了，已开始腐烂了——从悬崖上坠亡的鸟儿，头已粉碎，身子也断了，成了渡鸦们的盛宴。

斯蒂凡在裤子后裆上揩净手指，坐在一块石头上，半看不看地盯着鸟儿的尸体。

他不知道自己在这夜半时分来悬崖底下做什么，这里无事可做，也没有要取的东西，本该去试着睡觉，或者帮老帮工埃纳尔做棺材。然而这些天里，睡眠离他而去，双手不听使唤，手指迟钝而僵硬。

做棺材。一生里，需要他做棺材的时刻已是太多。

他和丽贝卡有六个孩子。只有索尔凯尔活了下来。他只能眼睁睁地看其余的孩子给埋进坟墓。四个女孩，然后是那个将自己的母亲也一并带走的小男孩。可那时他并不气馁，现在也毫不气馁，哪怕他颈上的头发与胡子都已灰白，好似温暖天气里降了冰霜，哪怕在这夜半时分，他背向那漆黑的悬崖，漫无目的地坐在滩石之上。不会气馁。

这些天里，他从未脱下过衣服，苏艾娃也是一样。焦躁不安，无处安宁。夜里在自己的床上注视她，注意她的每个动作，知道现在要真正看看她的能耐了。却也知道那是无用的。这一次不行。知道？或许怀疑更加准确。自从他将雅各布从悬崖的掌中接回，掠走这只被寻猎的猎物，是的，自从他看到那具悬挂在绳眼之中的血淋淋的身体，他便知道——

雅各布。我的儿子雅各布。

而心脏绞紧，他感到呼吸沉重而困难，必须要久久地大声清嗓，才能摆脱胸中的沉重。

不，这一次你的药水药膏，你的敷剂汤水都没用的，我的小苏艾娃。

"你得休息一下。"一晚，他说。不管怎样，受够了抬头便看见这张憔悴的脸，还有那眼底的黑眼圈。"今晚我来守吧。"

而她看向他，他看到她被吓了一跳，这些天里他很少同她讲话，更不会用这种语调。她看向他，看了他好一会儿，他的思绪中闪过一个念头：她知道他的秘密，知道他爱雅各布胜过爱自己的儿子；爱得太甚，亦搅扰着他灵魂的安宁——他的罪孽，他的秘密，默默怀揣心中，而从不提起。对那条披巾，他从来不置一词，那条沿着诡秘之途进入他家中的披巾。却并未忘记。没有。即便在雅各布的床边，他也并未忘记那条披巾。

　　"我来守。"她说，又伏在雅各布的身上，继续向了无生气的蓝嘴唇中喂送汤药，而汤药立刻流出嘴角，滴在枕头上。

　　"你要是也病了，对谁都不好。"一段沉默后，他说。

　　"我不会病的。"她回答道，擦干枕头。又抬头看他，脸上浮现出那抹罕见的灿烂微笑，一抹径直飞入他眼中的笑，似迎面一击，否定罪孽，甚而否定死亡。

　　"等这些事都结束以后，我希望你可以离开，苏艾娃。"他说。是的。等这些事都结束以后，我希望你可以离开。看到灯中微火的摇曳，似乎要伴着这句话而熄灭，听到周围床上的众人倒吸一口气，感到一切都化作一条颤抖而清醒的耳道，吞进这些从他嘴里骤然冲出的可怖词语，并非他愿，剥去他的防御，令他赤裸。他感到汗水涌出，脚下踉跄，一时间要扶住床柱。然后他缓缓抬起头，松开紧攥的双拳，这双只想抓住她的肩膀、将这微笑摇落的拳头，而微笑早已消失，只是黑暗中的一道闪烁、一线光芒。僵硬地转过身去，以免再直视她，却仍用余光瞥见她又去照顾雅各布，仿佛什么话都未说过，什么事都未发生，脸色却或许比先前更苍白了些。他踏着起伏的地板疾疾走出，走过侧耳倾听的床铺，他要出去，无论如何他必须出去。

斯蒂凡在石头上一前一后地摇晃。他知道，无论如何，今晚这些脱口而出的轻率之语都再也无法收回了，也知道，这些话生发自内心深处，那片他自以为永远不会迷失其中又一直回避着的幽暗森林。

而现在他坐在这里。

之前，在仍有希望的时候，他仿佛陷入了谵妄一般，企图与上帝交易，希望献出自己的东西。只要他能活下来，他想道。他当然很清楚雅各布的念头，很清楚在这些年里，他的一片心意都向着谁人，啊，是啊，他很清楚。即便如此，他想道，即便如此，只要他能活下来，我就会放开她，将她让给他，一切都给他，一切，只要他能活下来，一切。

仁慈啊，他的心哀号道。仁慈啊。只这一次。

他甚至还向老西娜的古老知识求援过。违背他的理智与意愿。违背他全部的是非观念。置自己的灵魂于不顾。不念自身。

一切，只要他能活下来。

而现在他们两个都走了。他最不能失去的两个人。现在他终于醒悟。却已无路可退。

将近黎明，他回到家，已是两晚以后，或许三晚，也许四晚，他不知道，日与夜在他的思绪中模糊，化为没有时间的时间，化为畸形。他回到家，看到古德丽德俯在炉旁，从旁走过的刹那，她的脸转向他，沉郁，于痛苦中冰冷，他便懂了，是什么在等待着他。浑身关节出奇地僵硬，他向前走去，走上楼梯，掀开小门，知道是什么在等待着他。地板条伴着每一步吱嘎作响，他此前从未注意过。这吱嘎声响那样嘹亮，那样难安，噬入骨髓。小弗丽德梅在她和古德丽德的床上，面朝墙角，一手紧攥枕片，羸瘦的肩膀瑟瑟颤抖。在她前面是老西娜，他的养母，仍在编织，频频晃头，并不看他。老埃纳尔的亮鼾。不见索尔凯尔。接着，雅各布的床。男孩的床。是的。

尸体已被摆好，脸上遮好了布，双手在胸前交叠。他站在床边，看着这双粗糙的手，各处伤口几乎均已愈合。一双强壮的劳动之手。这双手，那么无力，那么苍白，那么平静。

而他感到，冰冷的小掌在自己掌中渐渐温暖，一对严肃而疑惑的孩童眼眸落在自己的眼睛上，寻索着那无解之问的答案。一个六岁的男孩。要怎样同这样一对眼睛解释丧父与分离呢？世界末日？

而他将布掀开，目光落在青蓝的脸上，男孩已然全非的面目，继承了自己家族中的那份坚韧与刚毅的男孩——曾以无畏的眼环顾四周，学会露出一丝讽笑，哪怕悬崖的险径最终还是愚弄了他。悬崖么？险径可不单单只隐藏在悬崖峭壁之中呢。他的指引都是徒然。无论此时还是彼时，他的答案都是无用。而他垂下头，将布重又小心盖上。

就在那时，他发现苏艾娃的箱子不见了。自打她来到此处，便一直放在他们床脚的箱子。她带来农场的唯一一件东西。一只绿色的箱子，箱盖上印着织花图案，她的首字母与出生年份织入其间。不见了。而他跌跌撞撞地冲出去，听不见古德丽德的呼唤，推开从临近海湾带着人们来此捕春蛋的邻人斯文；羊圈旁的索尔凯尔抓住他的胳膊，而他像甩掉一条狗一般将他甩开，看到他摔倒在地，记得索尔凯尔的眼眸，是啊。而他已来到悬崖下，前方是无径之境。颤抖着站在那里，胸中是蚀骨之痛。痛，痛啊。从此便再也未能摆脱的痛。

面对那一刻，他生命中所历经的一切都成了假象，失了真实——

夫复何言。

苏艾娃的微笑。

这抹微笑，将他久久迷住。久到他不再认识自己，就像这只鸟儿。海浪的玩物，被往往复复地掷出。

你走，他说，她便走了。消失进春夜里，仿佛她从未存在过。让他蒙受成倍的屈辱。

丽贝卡。她永远也做不出这种事。

而他重又渴望起那段时光，生活简单，单纯、美好，而非如今，浸满黑暗的梦、罪孽与破碎。

他周围的一切都在崩塌。

而人们注视着他，等待着他从废墟中重建一切。去找她，他们的眼睛说着，去找她。

可他做不到。

苏艾娃的微笑。这一抹满是纯真、满是欢乐的微笑，自第一眼起，这笑容便将他迷住，唤醒他内心深处的某些欢畅，某些他不曾知晓的东西。

"纯真！"他高叫，爆发出一阵狂笑，最终却以某种类似啜泣的东西结尾。

没错，拥有一个别人所觊觎的女人，他很享受，甚而暗自为之倨傲，欣喜于每一晚栖在她雪白而柔软的臂怀里的人是他，唯有他才有权将她全然占有。他真蠢。老蠢货。从未怀疑过她的忠诚。相信自己的眼睛。以为这位女工很享受主妇的角色，甚至以为尽管陋屋逼仄、苦工艰辛，她对命运的安排仍心存感激。注视着她工作、嬉戏，将罕见的微笑当作至宝收入珍藏，从不禁止她做任何事。他真无知。直到有一日，她站在他的面前。面对着他的目光，她的脸庞失了颜色。

你走，他说。她便走了。顺服的女人，苏艾娃。

他叫她艾娃，那个迷路至此的人。他，斯蒂凡，他知道其他更加适合她的名字。没错，他当然知道。

无疑，那为她引来外域礼物、让她脸上泛起羞红的依顺，她也曾同样给予过雅各布，或许还有更多人，他又如何知晓呢。那一年来这里的学生，他无处不寻觅着她，无处不追随着她。还有更多人。他还可以举出更多。而当嫉妒之鞭抽打在他身上，将皮肉剥离骨头之时，他便脱口而出——

海浪于石间呼响，骇人画面从他眼前呼啸而过，疾风一般的幻象扑袭到他身上，倾涌无前，令他猝不及防。唯有一幅为其他所不能及的清晰景象：苏艾娃光洁的身体以一种他从未见过的模样含欲扭动，随着无羁的情欲，与一具年轻而结实的男体紧紧纠缠，一个陌生男子，却也并不陌生，陷入欲望的肢体不能自已，蛇一般地伸屈，一窝肉蛇，于迷狂幻觉中抽搐扭曲。暮色环绕间，舞动的人影，亦非人影，非也，妖魔、精怪，嘶喊着秽语，脸庞狰狞，挂着令人作呕的蔑笑，被歹意与贪婪照得烁亮——他所熟悉的脸庞。一幅幅接踵而至的画面，而在画面之后，男孩的、雅各布的蜡粉脸庞，睁着漆黑而陌生的眼望着他，立在地板的一个裸点上，从前那里放着一只盖上饰花的绿箱，而裸点化作苏艾娃的脸，一张在欲望的怪容中被扭曲的脸，表情近乎淫笑，一抹死亡的淫笑挂在惨白的脸上，那样白，双手交叉胸前，没有一丝呼吸起伏，关节硕大的手，强壮的手，伤口已近痊愈，纹丝不动——

一声呻吟涌出他的喉咙，他试着步步后退，找到一条通路重返那份现实，夜里他在这滩石上遗失的现实。重寻那块他赖以生存的坚实土地，唯愿欲将他裹挟而走的这混沌恐惧，能够消散于深渊之中——这些幻象，与现实无关，与他亦断然无关，而是来自某些迥然不同的东西，某些他一直恐惧、躲避——或许正因为此，而一直期待的东西。

这是夜晚最暗的时分，头顶天空阴沉，前方海洋幽蓝，远处的透明灰点零星散在暗蓝颜色里，与地平线上的黯淡天空融为一体。夜光已散。亦从未存在。唯有远处浮冰的剔透白光，他感到黑暗侵袭而来，感到它在头顶闭合。他在空无中旋转复旋转，却听到老西娜喃喃着骄矜与倨傲的代价。而就在此时，黑暗中忽然闪现出一道光，一个微笑，他抬手去擒，拼命抓住它，才不至垮倒，不至跌坠——

苏艾娃的微笑。

而他仍惊羡于自己这年轻的妻子，竟以为人们的欢乐比悲伤更为惯常。为一只飞鸟、一块池中薄冰，甚而一只墙上苍蝇而惊叹。在他人只瞧见荒草的地方，她瞧见了繁花。而仿如射入这恐惧中央的一支飞箭，他感到，她所谈论的欢乐是某种超越他理解的东西，某种他从未被给予过的东西，他方才明白，这欢乐并未排除痛苦，亦未摈斥死亡，这里没有矛盾抑或对立，而是相配相生，平静地汇入同一根线绳。

然后便又消失，只留下苦涩的悲痛压在他身上，似悬崖一般沉重。

去找她，弗丽德梅的眼睛苦叫道。这些夜里，她守着雅各布的尸体，无法入睡。去找她，索尔凯尔受伤的眼睛喃喃道。他在仓库门口，等待着弗丽德梅。去找她，老埃纳尔的锤子隆隆道，一击一击，去找，去找。就连古德丽德的眼睛也怀着疑问望向他。

而他将他们推开，将他们赶走，像是赶走那条想要舔他手掌的狗。

他做不到。做不到。虽然他也愿意，可是他做不到。

而他垂下头，头发灰白，矮小而敦实的男人，肩膀下坠，仿佛担着重负。一阵寒战，而这寒意，他觉得自己永远也无法摆脱。

这阴沉的夜里，他坐在石头上，被困在无路可出的绝境中。还不知道，他头颅左侧的一个小肿块，不一会儿就会将他击倒在索尔凯尔的脚边，几乎就在很久以后尼娜如蜗牛一般屈坐于草间的那个地点。一个将为他炸出通路的肿块，引他脱离那无法自拔的绝境，并重又将那他自以为已经永远失去的赐予给他——苏艾娃。需要付出代价，很高的代价，而他也面不改色地支付。只要能够重获苏艾娃，只要能够脱身这黑暗，无论任何代价他都在所不惜。他也不知道，有生之年里，那对漆黑的异域眼眸将一直追随着他。八个多月后，那对温柔而倨傲的眼眸将出现在一个小女娃的脸上，一颗黑发卷曲的脑袋用尽全力向这个世界号叫，她亦将成为他的心头至爱，在黯淡晚年里成为他的眼睛。

而这一晚，颤抖着坐在滩石上的他，对此种种浑然不知。悬崖影下，孤身一人，脚旁一只鸟儿，那是海洋的玩物，被往往复复扔上海滩，而远处草丘上，一只狗在低低地惨嗥。

尼娜又喝了一口酒瓶里的白兰地。三星拿破仑。在海尔吉的背包里。一丝暖意。教她忘记随风传来的哀泣，忘记海滩上的死鸟。圆睁的鸟目定定地放空。

活了六日——

尼娜蜷缩起身子，又喝了一口，拽出一件风衣，将它穿上。身体里有她无法摆脱的寒意。

"你们去吧。"她说。"我不想去。"她说。"我还有别的事情要做。"逞强，扮酷。尚对这沉默一无所知。这草间的低语。血色群山间的轰鸣。所有这些不过是故事，一个与她无关的民间传说，与现代、与她的生活格格不入。

她坐在介乎海滩与农场中央的草丛间，已然入夜。环绕山巅的流雾，沿坡潜下，将湿冷的空气赶在前面。

尼娜，时代之子，来此寻觅一些她自己也无法确知的东西，被古老的故事、绚丽的词语所引诱，在世界是一片黑白，存在是绝望与虚无的时刻。并非于山巅岩尖上目睹的那种虚无，另一种虚无，掠食鱼类游弋其间：广岛、长崎、柏林、匈牙利，吞噬词语的鱼类，消灭词语的意义，化之为色情。理想、信仰、自由、美、希望。手中没有线索，亦无线团可以追寻，**虚无**——这个时代的标志词。孤身盘旋于空无之间，疏离而痛苦，没有时间留给早已入土的八字足男女，没有时间留给早已弃用的词语。

草间的低语渐强。

而尼娜没有听见。她闭上自己的眼与耳。喝一口白兰地。

压抑一个疑念：她必得体味风的歌谣、浪的诗篇、大地的生命，必得感悟血液间的私语，才能到达那世界背后的世界。必得认得腐烂、恐惧、欲望与憎恨的气息，甚至骑上死亡之马的苍白背脊，直视那颗颗斑点①——你岂未看到我颈上的白斑，尕伦，尕伦？——不容松开，不容跳下马背。感受蛆虫在肉体中蠕动，方能体悟到生命的矛盾。

　　而她选择退缩。选择另外的路径。前进，不要后退。只要她能离开这里。

　　又是那哀泣，悲痛，凄惨。

　　"一切，"她喃喃道，"只要我能离开这里。"不知道自己是什么意思。又在同谁说话。"一切，只要他们回来。"已然忘记了腰间的绳子，忘记了欢笑群山间的行旅。"一切。"试着回想有什么能够救她于困。四天后，从另一片海

----

① "斑点"出自著名的冰岛民间传说《暗河执事》（*Djákninn á Myrká*）。住在冰岛北部暗河的执事邀请住在拜伊斯河（Bægisá）的女友古德伦一同过圣诞，他们约定于圣诞前夜在女友家相见，一同前往暗河。执事骑马返家，过桥时桥身断裂，落水后伤及后脑匆而死；因河流涨水，两地间交通阻隔，古德伦不知执事已死。圣诞前夜，执事骑着同一匹马如约出现，脸则被帽子遮住。古德伦看到马，便随他同行，却因走得匆忙，只穿上了外衣的一只袖子，未来得及穿另外一只。行至执事死亡的河流，马从结冰的河岸跳入河中，执事的帽子向前滑去，古德伦看到了他裸露的头骨。此时云开见月，执事吟道："月亮前行／死亡骑行／你岂未看到／我颈上的白斑／尕伦，尕伦？"〔古德伦的名字（Guðrún）中有"上帝"一词（guð），因此执事的鬼身避开此词，称她为尕伦（Garún）；冰岛民间传说中，鬼魂或其鬼身常以韵文形式说话，并重复句末词语。〕来到暗河，古德伦发现他们进了墓地，地上有个掘开的坟墓。执事抓住古德伦未穿上的空袖，欲将其拽入坟墓，所幸袖子脱落，执事带着袖布进入坟墓，两侧的泥土随即被扫入墓中。古德伦摇动教堂钟绳，引来众人，而执事一再侵扰，半月以来，人们每晚都需为古德伦守夜。最后人们请来一位术士，以法术与咒语降服了执事的鬼身。

湾出发的船只。而她无法到达。无法翻越无尽的群山、血色的群山。

一只渡鸦嘶鸣着飞过。落在农场残迹的半塌烟囱上，好奇地注视这只半掩于高草之间的生物。已在山头上见过另外两只，磕磕绊绊地跛行，不会飞行，又在悬崖下的滩石上见到第三只，他的脚边有食物，一条可怜的狗守在旁边，嗥泣不停。

哑，它嘶鸣道，哑，而山间传出一声高喊：尼娜！在周围群山间回荡。尼娜——尼娜！你在哪——在哪——在哪——

我在哪？

我不知道。

一定不在我想在的地方。

这间房间很小。五步宽，七步长。以高跟鞋测量。玛尼，意大利鞋，上次我在罗马的时候买的。地毯被抛得光亮，暗灰颜色，散缀着不规则的浅色色块。上面泛出绿色的光泽。而这光泽又循着颜色浅淡的墙壁摸索而上。墙色必是经过特别挑选的，既亮堂又镇静。恰如这房间里的其他一切。而在夜灯的昏光里，一切都泛起绿色的光泽，显得那么不真实，甚而超脱了尘世，这间房间——仿佛我正置身于现实边缘的某处，在两个世界的交界。或许也的确如此。

除了床、床头桌，还有我所坐的椅子外，房间里便再无其他家具。床和床头桌是白色的，新潮而实用，可以调高调低，根据需要任意改变调节。只有这把椅子是旧物，又硬又不平整。一把很明显被用了无数次的椅子。放它在这，或许是为了提醒坐在上面的人，生活并非什么柔软安乐椅上的奢侈享受。我又知道什么呢。至少这把椅子真够硬的。旁边这面墙上，水池与镜子。而床头桌上，这些小苍兰。我本打算扔掉的。在这绿色的光泽中闪烁。那么轻浮、鲜活，像春夜、像肖邦的华尔兹一样饱含喜悦。或者是玛祖卡?

床头上一把十字架。黑色。

你在哪,尼娜?

刚刚我猛然惊醒,四周一片漆黑,我不知道我在哪,不记得我在哪,又或是因为什么。而在睡与醒之间的此刻,在每一块肌肉都紧绷着,以备对抗危险、对抗未知的此刻,一种欲望突然向我涌来:渴望这黑暗之中能有一具温暖的肉体,渴望我的手能触摸到一副炽热而鲜活的身体(恰如从前那些年里,我在陌生地方醒来时常常生出的渴望),而这欲望那样强烈,那样痛苦,直教我喘不过气,我感到眼泪奔涌而出,炽热、灼痛,因为在那背后,我知道,我的手,什么也抓不到。

真教我意外。我从不觉得自己的生活缺少些什么。

我的手碰到冰冷的钢铁,我便又记起,我在哪里,又是因为什么。我跳出椅子,冲向床边,摸寻墙灯,摸到一根绳,拉下,一遍又一遍,想着:我要离开,不要待在这里,打电话给马大,离开!黑暗让我窒息。而突然间,光。我听到微弱的呼吸声,游丝一般,但仍有呼吸,我又瘫进椅子,满怀释然与感激。她还在呼吸。而这才是荒谬的地方,因为正因如此我才坐在这里,正因如此我才坐在这把又硬又难受的椅子里。正因如此我才在这里等待。等待她停止呼吸的那一刻。

我没有离开。也没有打电话给马大。我出去要了一只新灯泡。但是这只没坏呀,女孩说。她叫埃尔萨,反复开灯关灯,讶异地看我。明天吧,在我一再坚持下,她说,明天找人来检查一下,显然不相信我,觉得我要么是疯了,要么是在做梦。

经过之时，她轻轻抚了下床上女人的额头。

我在黑暗中爆发时，纸页、图片、写字笔、铅笔被甩了一地，我将它们拢到一起。又坐进这把椅子，向后靠去。突然间很疲倦，精疲力尽。

这痛苦的欲望——

性欲，仅此而已。为自身毁灭而恐慌的荷尔蒙。不是说，在战争年代里，面对死亡、面对疯狂的时候，性欲就会疯涨吗？人是永远都不会满足的——再正常不过了。或许是某种欲求不满。即便有安德烈斯。这么说会让他不高兴的。他认为自己是个出色的情人呢。他确实是。不过或许有些机械，太有技术——

"所以不就跟振动棒一样吗，"苏莎说，"一样的功能。"因为苏莎相信爱情，虽然经历过所有这些失败的关系和恋爱，也依然相信爱情；爱情是救命的灵丹，是生活的调味料，是治疗一切疾病的药方。"脑子坏了。"她说，说的是安德烈斯，还有他之前的那些男人，意思是我没有感情，苏莎，我的好朋友。我笑笑。苏莎大可以让爱情将自己吞个干净。我更喜欢安德烈斯。他很适合我。

白色的天花板像一只穿盖扣在我的头顶，闪着丝绸般的暗淡光泽，一颗硕大的包层纽扣盘在中间，将丝绸拢在一起。

眼里满是灼痛，我用力挤了挤眼睛，又不停眨眼，强忍住想要喷涌而出的眼泪。

眼泪？为何有眼泪呢？我从不哭的。

宽阔而温暖的背，那样温暖，脸颊上的眼泪渐渐干了，将舌头伸向脸颊，舔舔颊上的盐痕，真好玩，女孩在黑暗中微笑。已抵达了目的地，出发地是一张冰冷而潮湿的床席，已忘记了这漫长的旅途，忘记了这充满怪兽与惊怖、似乎永无尽头的可怕旅途。坚硬而冰冷的地板木条，割伤足底，潮湿，她浑身透湿，于黑暗中摸索前进，她身后有呼吸声，有喘息声，或许便是格利拉①、莱帕鲁迪②、巨人，要抓住她、吃掉她。浓稠黑暗中的无尽旅途。而终于，炽热的呼吸在她前方出现，沉重，像狗儿沃菲那样，微微咕噜，呼来暖意，她颤抖的手指摸向这张脸庞，又偷偷滑下颈窝，戳一下，稍用些力，再加些力，此时一切静止，那般寂静，啊，唉，噢，尼娜，你在干什——现出光明，渐生暖意，而霎眼间湿衣服便消失了，她被裹进一件柔软的东西里，在这强壮而温暖的脊背之后，她飞入自己的床穴。这副脊背为她抵御黑暗，抵御寒冷，抵御潮湿。隐去怪兽与巨人，隐去一切恶与悲。抚摸这辽阔的背，真好，无比小心地抚摸，手是一只鸟，轻柔地沿背飞过，以为它便是天空；聆听喃喃的声响——真悦耳，像睡声，也像笑声，伴着小女孩进入梦乡。

一幅遗忘已久的画面突然出现，像放错了频道的电影。

抚摸她的额头，一个陌生女孩，她说明天，无视我，明天，经过之时，抚摸她的额头。

而我却静静坐着。在这把硬邦邦的椅子上。一动不动。静静坐着。

你在哪，尼娜？

---

① 格利拉（Grýla）是冰岛民间传说中的女巨人，也是冰岛十三个圣诞精怪（jólasveinar）的母亲。传说格利拉会猎食不听话的孩子。

② 莱帕鲁迪（Leppalúði）是格利拉的第三任丈夫，十三个圣诞精怪的父亲。

"你在哪？"海尔吉喊道，将脚踝骨折的阿德纳尔拖下山来，痛，卡在了一处裂隙间。"帮我一把，"他气喘吁吁地说道，精疲力尽，"必须马上把这个包扎起来。"必定以为，尼娜凭着女性的敏感与本质，懂得关于骨折与伤口的一切，会亲自处理这些事情，而尼娜连连退后，拒绝接触这只血肉模糊的脚，拒绝靠近阿德纳尔，气恼、愤慨、无话可说："你到底算个什么女人！"他喝道，而一旁的她对着草地呕吐，讶异于她的诅咒竟这样快地应验了，转眼间这仇——嘻笑山间的耻辱之行——竟也报了。听见远处传来阿德纳尔的痛吟与哥哥的责骂，是他们哄骗了她参加这趟旅行，去寻觅些什么，她也不再记得，或许从来就未清楚过。而她执拗地吐着"不"，奈何哥哥怎样摇晃她，咆哮，给我滚起来，看你醉成什么样子，不，而阿德纳尔说，别管她，命令的口吻，好像她是他的专有，而他的声音唤出炽热的长夜，他的脸俯在她的脸上，嘴角线条那样敏感，她用手指抚过，无限温柔地抚过，但那不重要，现在什么都不重要，除了一点，他们必须明白，她冲着草丛、冲着这没腰的高草尖叫："我不是什么苏艾娃！"

这间房间，完完全全地压迫着我，摧毁那个尼娜，我，让我迷乱，将我逼成神经质。勾起遗忘已久的东西，勾起另一个世界，一个与我无关、与我的生活毫无关系的世界。

"我给你拿了咖啡。"女孩说，埃尔萨说，又来到门口，走进来，将咖啡杯放在桌上。很明显女孩怀着那种全民族共有的病态错觉：疯狂也好，幻想也罢，咖啡能够治愈一切。

我感谢她，她微笑着走出去。已履行完自己的责任，做了件好事，套着一副自满的皮肉。无比相信咖啡，就像我亲爱的姐姐马大无比相信革命一样。

革命之后，她说，跳上一匹白马（十年车龄的特拉贝特①）去解放全世界，全然不顾历史经验。"这种状况就会改变，"她说，指的是这世上的不公，无论哪种不公，但尤其指暴虐的资本家、投机者还有雇主导致的不公，"当人民起来反抗的时候。"马大，她相信人民反抗的力量，相信千年王国②。革命之后。

有时我真羡慕我姐姐马大。

我抿一口咖啡，咖啡滚烫，我烫到了舌头。本想要白兰地的。三星拿破仑。从前在海湾中，在死亡撩拨之时，我喝的便是白兰地。死亡成为真实，忽然间我意识到，我会死，我也会，跟雅各布一样，跟苏艾娃一样，跟所有那些人一样。第一次理解这件事，不是通过理智或情感，而是直击那至深的核心，那是——是什么？人本身？或许。我年轻而纤瘦的身体，给予过我那么多欢愉的身体，它的存在只是为了死亡。只是尘与灰，就像牧师们喋喋道的，蛆虫的食物。一个无法容忍、不容置辩、不可宽恕的笑话。一切都会土崩瓦解，在无比可笑的无理与荒谬面前，摇摇欲坠。

听着这样肮脏的玩笑，白兰地再适宜不过了。

而尼娜转身背对这些生活的陈词滥调，抿上一口哥哥的白兰地，死命抓住诗歌不放。以形式抵抗无形，以艺术抵抗生活，抵抗死亡，抵抗古老的故事。新词语，新景象，

① 特拉贝特（Trabant）是前东德汽车品牌。

② 按照基督教教义，撒旦被捆绑锁入无底坑，然后耶稣基督在地上建立千年王国，并亲自统治这个国度。这个国度无比美好，是天国在地球上的缩影。相信千年王国的人认为，将来会有一个黄金时代：全球和平来临，地球将变为天堂。

新世界，一切的旧都已无用，重新创造一切，这才是她想要做的事情。发现裹挟着时代轰鸣的词语，火箭之音、氢气之音，属于那不再有理想、不再有纯情的世界的词语。新词语，切断与死寂过去之间的联系。这不就是她的心中所想吗？是的，大致便是如此。

尼娜，于愤怒与恐惧中狂热，豪恣地渴求永不倒塌的巅峰，渴求不朽。希望牢牢钉住现实，这块总在游离的滑铝，总是恰在触距之外、之上，无法企及。

"如果不能写作，我会死掉的。"她同阿德纳尔说过，一开始时，立即说出，她是认真的。此前从未说过这话。只同他一个人说。

而他笑笑，说道：

"你怎么会不能写作呢？我画画，你写作，一切都恰到好处啊。"

就这么简单，他以为。她也是。便驱散疑虑。

而那些夜晚炽热而漫长，这座不可思议的城市，闪烁着生命的光芒，一切都散发出生命的鲜活光芒。画展、漫步，乘公交车南下哈夫纳夫约杜尔①，去看最新一部意大利电影，或者法国电影，在洛加路十一号或者摩卡咖啡厅②烟缭雾绕的空气中久坐，聚会接着聚会，讨论讨论讨论；在她上学时，她需要看看他都做了些什么，而他需要倾听，早晨在他起床之前她又写了些什么。一切都充盈着生命，她甚至快要在幸福当中窒息。

---

① 哈夫纳夫约杜尔（Hafnarfjörður）是大雷克雅未克地区的一座城市，位于雷克雅未克以南。

② 洛加路十一号（Laugavegur 11）与摩卡咖啡厅（Mokka）是冰岛首都雷克雅未克的两个著名文化场所。

炽热而漫长的夜晚。

但也有其他。其他需要完成的事情。急迫的事情。将诸事变得复杂。不是一开始。后来。他的绘画学业，她的学校学位，然后是店里的工作，他的第一场展览，而突然间多了家务，缺钱，争吵。这座城市不再放光。夜晚越来越短，他再没有时间倾听早间的创作——如果早间有什么创作的话——而她又装作对他最新的画作视若无睹。争吵取缔了夜晚，这些炽热而漫长的夜晚，无尽喧嚣，吞蚀词语、色彩、生命。跟其他人别无二致，跟那些与其他人不同的人别无二致。

有时话讲到一半，他们便沉默，然后抓紧彼此，像两个溺水的人。

他们尝试过。他们努力过。

而这座城市已不再放光。

一天晚上，那时他们刚从这场北上世界尽头的灾难旅行回来不久，尼娜参加完聚会，跟古德永一起回了家，一个刚刚入职的律师，苏莎带来的小资产阶级分子，让他来掏钱请客，让他在一群波希米亚族中间无地自容。而她头也没回，便跟他走了，留下阿德纳尔坐在地板上，跛子阿德纳尔和他身旁的腋杖。与古德永一起，迈着坚定的步伐走出去，头也不回，一步一步迈出脚，呼吸伴着每一步而愈发轻快。

世纪之恋由此终结。

第二天早上，她的东西被放在外面的人行道上。而她只觉得释然。这免了她许多工夫。她是自由的。可以去探索外面的世界了。去写作。离开。带着一部谁也不愿意出版的失败小说回到这个家来。

"你让妈妈和海尔吉养了你两年。"马大说，直击太阳轮①。

"闭嘴。"海尔吉说，猛地环抱住尼娜的肩膀。"别管她。"

但尼娜沉默了，一句话也说不出来，致命一击后仍未清醒过来，仍在晕眩，整个世界倾向一侧。数次跌翻，世界才开始直立，而她便转向那唯一恒久的诗艺——广告的诗艺、现代的诗艺。

我很精通这一行。层出不穷的创意与文字设计，出色的组织协调能力。工作室的事业风生水起，小，却很可靠。收获了不凡的名声。

KSA②，卡特琳·苏艾娃广告工作室。

虽然这名字笨拙而又老气，但马大的不满与反感让我决意，就用它来做工作室的名字。在家里开玩笑提起，觉得她的反应很好笑，我故作惊讶："嗳，但是好姐姐，我就**叫**卡特琳·苏艾娃呀。"而马大说："之前你可从没提过。"

尼娜广告工作室就成了卡特琳·苏艾娃广告工作室。

阿德纳尔。

一年多后，收到一封他从阿姆斯特丹发来的电报：好寂寞。再也没有人跟我吵架了。

我笑，在阳台桌上的烟灰缸里将电报点燃，正在写作，我**不是**这位画家的妻子。永远不会是。令人窒息的炎热，一切都很平静，却点不燃火，我又划起一根火柴，它猛地

---

① 太阳轮（sólar plexus）又称太阳神经丛、太阳神经丛轮、腹轮，瑜伽概念，人体七大脉轮之一，位于腹腔，被认为掌管着意志或精神力量。

② A 是 Auglýsingastofa 的缩写，意为"广告工作室"。

便灿烂燃烧起来，火星飞溅上桌上的纸张，飞溅上我的小说，一瞬间我仓皇失措，失声尖叫，尖叫着挥舞手脚，试图扑灭火星。

阿德纳尔。我很久都没想起过他了。

小理查德①在唱片机里嘶嚎，我走过地板，古德永的手臂环绕着我，大步跨过一对相拥躺卧的情侣，冲着古德永的脸大笑，一处角落里，苏莎在跟自己最新的男人跳舞，疯一般地摇摆，而沉默，到处都是沉默，小理查德提高了嗓门儿——阿德纳尔的脸，上面有某种冷漠的残忍、轻蔑、胜利的喜悦，就像曾经一次，在那欢笑群山之间，而我继续向前，没有停留，对，从桌上抓起一只杯子，以为或许——或许什么？——谁会来呼唤我？——一切都会改变？——而突然间一扇门，在我面前，白色的门，黄铜门把，棕色门把，油漆开裂，已渐泛黄，露出底下的蓝，我抬起手，握住门把，古德永亲吻我的脖颈，我的脑海里一幅模糊的形象，夜里一个女人翻越山峰，我笑着打开门。

苏艾娃。

迈着轻快的步伐走入夜晚。流浪的女人，带着一只漆成绿色的箱子，后背与前胸绑着包袱，消失于山那边的一抹蓝意中。

"为什么？"一晚，在马利亚没听见的时候，尼娜问妈妈索尔蒂斯。"为什么她又回到这个男人身边去了？"

"谁？"索尔蒂斯问。

"苏艾娃。"

"咳，你怎么能相信这些故事呢？"索尔蒂斯说，"这些

---

① 小理查德（Little Richard，1932— ）是美国著名歌手，摇滚乐的奠基人。

多多少少都是马雅编出来的。"显然还在生姐姐的气，因为某些尼娜不知道的事情。

"那她没有回他身边去吗？"

"她根本就不应该离开他。"索尔蒂斯突然说。

"可是是他赶她走的。"尼娜诧异地说。

"有什么所谓。"

"可是……"

"好了，现在去上床睡觉吧。"

"我绝对不会再回到他身边去。"女孩尼娜愤恨地说。"永远不会。"

"你以为你有很多选择么。"

一幅画面：妈妈在厨房门口，印花裙子，浅色，无款式，短袖，贴胸剪裁，家庭手工缝制。棕色棉袜，毛毡鞋，双脚强壮，形状漂亮，稳稳地站在地上。看着我，当其他所有女人都烫了头的时候，她灰白的头发仍编成薄辫盘在头上。那样老气，老气得可怕。站在那里，脸庞突然严厉。

"你以为你有很多选择么。"

那晚，晚些时候，客厅里传来她们姊妹的声音，零星的词语，时而有完整的句子，向尼娜的床飞来，里面包含着某些让她不安的东西，让她竖起耳朵。

"……你走了。好像已经忘了……苦日子，缺东少西……"妈妈的声音。

"……什么都没忘。"

"……我们的生活。你把它搞成一本丹麦罗曼。"

沉默。

"……不明白你为什么要这样，迪莎。"

"我不想让你用罗曼蒂克的鬼话去迷惑她。"

又是沉默。客厅传出火柴的嘶响，盖过织针的碰击。雪茄气味更加浓郁。

"……也许是因为你离开了你的男人吧。"

"……不是我的故事。大概是你自己的吧！"

离开？妈妈？她们在说什么？尼娜在被子底下蜷起身子。传进这里的这些声音中藏着危险，藏着某些既诱人又可怖的未知。

"也许吧。"终于传来马利亚的声音，微弱，疲惫，不像她的声音。"我们所有人都在编造我们生活的故事。"

无尽的沉默，而最后，妈妈的声音。

"但绝对不是丹麦罗曼，马雅。"声中有笑。"永远也不可能是丹麦罗曼。"而这个晚上她所说过的一切，一直藏匿在那背后的某些东西消失了，一切又恢复了往常，她们的笑声激荡着传向尼娜，怀着这笑声，怀着自己的愤怒，她不安地睡去。

我又喝了一口咖啡，翻着这些我一直在写的纸页。都是片段，还没有被井井有条地编排成这样、这样、这样，来自各个方向的片段，杂乱无章地排列在一起。

而尽管如此，它们仍仿佛全都围绕着某一个点旋转——其中有某种奇异的连贯——

"可是尼娜，亲爱的尼娜，"我听到肩膀上传来埃里克的声音，"这写的是什么东西呀？优雅在哪，美在哪，风格在哪呢？所有使诗艺成其为诗艺的东西呢？这是混乱，混乱呀——"

埃里克又一次开始了关于冰岛现代文学发轫的演讲，关于《织工》和斯泰因·埃德里迪①，关于"基里扬开始拍大众的马屁、戏谑文明人之前"的那段美妙时光。但我将他推开，之前已经听过这一切了，又埋头到纸页当中。

你在哪，尼娜？

但埃里克不会让自己就这样轻易被打发走。"要么是单狂的自我陶醉，要么是空洞的社会论争。但诗艺在哪里呢？没错，我倒要问问，诗艺在哪里呢？"

但亲爱的埃里克，那不该由我去寻觅。我不是在实践诗艺，我只是在坐在这里等待的时候，以此来消磨时间。只是写下我想到的东西，不是诗艺，不是谎言，不是换上新装的适合处于平均智力以下或稍稍以上的读者的虚构作品，那是我在工作里的创作。我只是在消磨时间而已，用古老的故事，用回忆，用我想到的一切，在我等待的时候——

但同时却也知道，那只是一半的真相。词语充满魔力，欲将我俘获。词语变为画面、事件、人，词语的蛇窝，蠕动不停，魅惑而恐怖。我周围的一切。我感到自己用尽办法，试图逃离它们，正如我始终躲避直视这张床一样，这张我无法靠近的床。不愿靠近。知道在心底某个地方，二者相关、相连，一直如是。知道写出的词语是无意义的，是虚假的，除非某种力量将它们压合到一起，挤出其间的汁液，直至融合物诞生。这不可名状的融合物，能够重塑一切。

钢索之舞。没有安全护网。其下是万丈深渊。

---

① 斯泰因·埃德里迪（Steinn Elliði）是冰岛诺贝尔文学奖得主哈尔多尔·基里扬·拉克斯内斯（Halldór Kiljan Laxness）的现代主义小说《克什米尔的伟大织工》（*Vefarinn mikli frá Kasmír*，1927）的主人公。《克什米尔的伟大织工》被文学评论家誉为冰岛现代文学的开山之作。

而年轻的尼娜不知道这些。不想知道。

我站起来，向床靠近一步、两步，然后走到窗边。

城市之光，距离这间房间是那样遥远。仿佛属于另一个世界。对面是教堂，灰暗而笨重，稳稳地立在地上，上帝的堡垒。

生发自深邃的力量，欲炸出一条通路，穿越湿滑的石地、血染的土石，打开这道狭窄的裂缝，通向——通向何方？

"艺术是人对于囊括现实的渴望。"某人在某时同我说道。阿德纳尔，苏莎，埃里克？或者也许是马利亚？

不是为了囊括现实，不是为了将其固化，是为了打开这道裂缝——

我站在人行道上，挨着我的东西，楼上的老太婆在窗户边，想看看我要作何反应，人行道另一侧的人，盯着我看，我羞愧，我愤怒，我欣慰，而在某处，某人哭啊哭啊，似乎永远也不要停止哭泣，而还有一人，想要拳打，想要脚踢，杀死，这些人，阿德纳尔，杀死，将他从这个世界上除去，将这一切都从这个世界上除去，我恐惧，我快乐；这一切都是真实的，而什么是真实的？——

窗沿上，我们的花本雅明，在我缝制的蓝色窗帘后，不动不摇，我担心他会把本雅明溺死，不记得它是间发性嗜水的花卉，期间必须滴水不沾，而这群凝视着我的恶心的人，灼烧的眼瞳，伤害着我，人行道上我的东西，靠在屋墙上的床垫，旅行箱，几只盒子，四年将近五年的时光，几篇短篇小说和诗歌，他会弄死的本雅明，这些我亲手缝制的蓝色窗帘——

也是真实的。

而什么是真实的？

站在人行道上——

碎解，一切都是破碎的片段，就好像马利亚的故事最后的面貌。在尼娜愿意聆听的时候，马利亚继续讲述着自己的故事。在尼娜不愿再聆听的很久以后，她仍在继续讲述着。永远是相同的故事，一遍又一遍，直到一切汇成一条令人费解的故事激流。

"至少不是丹麦罗曼。"我高声说道，盯着这张床。

盯着白色被子下的凸块，缓缓将眼睛向上移去，移向躺在枕头上的脸庞，强迫我的眼睛停住。

"不是丹麦罗曼。"我不由自主地再一次说道，而那脸庞上泛起些许抽搐，神经抽搐，并非微笑。失去知觉的人不会微笑。

一幅画面：妈妈坐在沙发上编织，哼唱着：你呀，上帝，统领星群，主宰世界——往往复复，每一段歌节。不时从眼镜底下瞥一眼尼娜，嘴角隐秘的笑意。尼娜在绿色摇椅里读书，嘴唇紧闭，假装没有看到母亲的目光，白白浪费了一整个晚上。

"一个新世界？"她的母亲说。

"无意义的偶然？"她说。

"那么这个新世界里的人类呢？"她说。"在这无与伦比的无意义里，他们会怎么样呢？"

"每个人都要自己为自己的生命赋予意义，为自己创造属于自己的价值——命运——"尼娜答道，言语期艾，不明白自己为何要做此尝试。

"人们一向都是如此。"索尔蒂斯说，什么都不懂。

而尼娜沉默，懒得向自己的母亲解释现代的思想和无神的世界。她们无法交流，再没有任何相同之处，她们之间有一道无法弥合的鸿沟。对此无计可施。而出于某些原因，她还是差点儿就流出泪来。

这张脸庞上又一次泛起抽搐，我赶忙坐下，喝光杯中半凉的咖啡，心不在焉地看酒店的图片。豪华的酒店，会是个很棒的项目，安德烈斯，优秀的摄影师。突然注意到，大拇指指甲已被我咬到见肉，连着指甲油。从不咬指甲的我。

他说什么来着？埃里克？

关于她，关于风，如若细听便能听见的风响——

我站起来，坚定地向床边走去，看着那躺在上面的女人。我的母亲。索尔蒂斯。

仍是那么不可思议，我竟然产生自这具身体，我——她——，可是我不愿去思考这些，不愿去思考所有这些无穷无尽、不断孕育的身体，将生命一个世纪接着一个世纪传承下去的身体。无法忍受这些。

与马利亚的故事中是同一条激流。令我作呕，为这间房间填满泥土与血液的气息。

"就是这样，我的小尼娜，"她迷人的声音窃窃道，"事情就是这样发生的。"那声音好似海的碎响，好似草叶间的窸窣呢喃，裹挟着我进入时间，进入另一段故事。"就是这样，这条披巾进入了我们的家族。"

一个女人站在院子里。这是一个中年女人，瘦小，看上去似乎一阵最轻柔的风，也能将她吹翻在地。她刚刚醒来，已习惯在夜间醒来，睡得一向很少。时值晚夏，将近清晨，群山、海洋与海湾蒙着超凡的光亮，披着一层被将至的清晨漂染过的透明纱罩。白日里，她仅仅给予这周围的环境那份生存斗争所需的关注，虽然当她跑去察看羊群，收集柴火，或是为老太婆苏艾娃寻找草药的时候，偶尔也会在这里或那里停留上片刻。偶尔她会逗留许久。但那不干其他人的事。

　　她在院子里现身，走出农场废墟，静悄悄地合上门，错觉，梦境——一个看上去十分纤弱的女人，有些微微驼背，头发已泛花白。站在院子里，穿上了裙子与短襟，或许没有必要，晨风和煦，努力回想着那个将她唤醒的梦。但梦已消散。无论她如何苦寻。其实也无所谓。她已经做了决定。到了早上，她要穿上自己最好的衣衫，将这个家留给小马雅与苏艾娃，让劳西去牵老布莱莎，然后开始这场旅行。十六年前，搬来此处。这是她自打那以后踏上的第一场旅行。一场她宁愿省去的旅行。

　　这个梦为一切画上句点。即便她记不起梦的内容——不单单是这个梦。

她一向都很相信梦境。知道生活里充满了各种征兆、预言与标志；若要生存下去，在留心天气之余，还必得细细留心这一切。一开始时，他还笑她的梦，奥德尼，对这些梦满不在乎，称之为"迷信的鬼话"。直到那场伤亡。"别去。"她请求道，而他笑，还是去了，因着上帝的仁慈方才得救，抓着龙骨，看着自己的同伴一个个溺毙，而他得救了。从此再听不得任何与梦有关的话。

她仍然记得，她是怎样站在海滩上，目送船只离开，望着它在平和天气里航出海湾，她知道，知道——

恰如在看到邮差埃伯奈瑟手中的信时，她便立马知道，里面有着某些与她相关的急务，某些不请自来的急务。

狗儿拖着慢步走向她，怀疑地嗅探着，不安，不明白这种夜里游荡在外的举动，那不是本地人的习惯。她悄声将狗赶走，然后走向小溪，伸手进去，掬一捧来饮。溪水清凉，她又浸入手掌，将水泼上脸颊。

任何地方的水都比不上这里。连埃拉河的水也比不过。他们起初就是在那里相见的。埃拉河畔。而他并未给她梳头 ① 也无关紧要，诗歌与生活不同。一年后他们便开始了简陋的农场生活。

埃拉河。她在下午间食后从草场跑回家去，他为外祖母苏艾娃办事。眼神，头发，还有他笑的样子——她曾站在河流中央，像个傻子一样，衣裙翻起，不知不觉间便已放声大笑起来，仿佛河流、群山、天空，仿佛一切都与

---

① 这里指冰岛 19 世纪著名浪漫主义诗人尤纳斯·哈尔格里姆松（Jónas Hallgrímsson, 1807—1845）的名作《旅行末》（Ferðalok, 1844—1845），其中有这样的诗句："我为你梳发 / 在加尔塔河畔。"

他们一同笑起来。那么明亮——

不，这种事情无法用言语说明。

而现在，这封信。

卡特琳夫人。

从前，她从没被那样称呼过，无论在信件里还是谈话中，不明白可怜的埃琳是怎么想出来的。

她站起身，稍稍活动一下肩膀，然后走上石滩。大海，平静无波，乳色的光芒，掩藏着深邃处的狂暴——贪婪的异兽，魔爪时而直入农场。

那个梦。与大海有关。与这封信有关。

她也曾如现在这般，走出农场，来到石滩。而在她的正上方，某个生物，陌生，蜷坐着，手里攥着一只白兰地酒瓶，飘扬的黑发，摇曳风中，如同这海滩上的水藻——

教她想起埃琳的头发。凝结汗液的黑发，在枕头上缠结，嘴唇皲裂，双眼圆睁——

不。她不要再想这些。

已经过去了。

早已过去了。直到这封信寄来。

这封信，写于穷困与哀祷，寥寥数语，悬荡在她的头顶，好似从前熊的巨掌——她仍记得，当房顶垮塌，现出一只灰白的掌时，她的双手僵停在奶牛的乳头上，记得那对探寻着迫近的爪，低吼，喘息，坍落的土块，一缕寒气扑在她和奶牛阿灰的身上，围扣住她们。感到牛在颤抖，爪子在她们头顶摸索，而她的额头贴在温暖的牛腹上，试着祈祷，什么也记不起，一切不复存在，唯有这咕噜的喷息，吱嘎的裂响，碎裂房椽的噪吟，还有她们的沉默，等待中的她们。

那时，她觉得那便是一生中最恐怖的时刻，再没有什么更可怕的了。无知的女孩，只有十五岁。

卡特琳夫人。

"我要离开农场几天。"她昨晚同他说道。"两到三天。"好像那是再自然不过的事。除了到教堂去，还有参加自己孩子的葬礼，便从未离开过这里的她。而一如往常，每当想到她已然失去的挚爱们，她便胸口一紧，冰冷便在生活里蔓延开来。而如今容不得那寒意施展。不容思索那些消失入土的小棺木。什么也不得伤害她怀在胸中的那条生命。

她的手伸进裙兜，信在她的手指下沙沙作响，清晨静谧中的巨响，尖厉，好似从前她父亲的枪射出子弹，直击心脏——

当她同他说明事由时，他的脸，他是怎样看她，一言未发。当她提到那个永远也不容提及的名字时，他的眼睛如同被一只寻猎的动物，负伤，狂乱。埃琳。于一个春日在这里出现的她，那么年轻，眼中噙满日光。看着他，自以为理解他所受的束缚，理解在他似囚鸟般挣扎其中的这个狭小世界里，快要令他窒息的那份躁动。埃琳，一条盲路。在这个困锁住他的世界里，这个用贫穷、辛劳、子女、**她**束缚住他的世界。而在胸中，一头巨人，粗哑地嘶嚎自己那首吟咏更好的世界的陈旧歌谣。那个世界里，没有那些将他击垮的无尽奴役、苦役，那是另一个世界，一个更加美好的世界。可那首歌谣有何用处呢？那苦涩的难韵。年复一年的颗粒无收，封锁一切的海冰挤入心房，饥饿的幽灵盘旋于门廊，梦魇无处不在。他中了这环境的咒语，这些他生长于斯的封闭海湾，难道他不该寻觅每一处可能的庇护吗？埃琳的微笑是那庇护的一种。这一切她都清楚，在他转身离开、消失之前，在他们相对而视的一刹，她在他的眼中看到了一切。

这一切她早就清楚。关注过他们，瞧见过他们，知道正在发生的一切。听到过他的笑声，他们两人的笑声。

"不要玩火，奥德尼。"她听见老苏艾娃说道。而他并未听进去。

"送她走。"她请求道。而他充耳不闻。

而后便是埃琳于野蛮痛苦中的哀号，凝结汗液的黑发，在枕头上拧曲缠结，双眼圆睁，紧紧攥住她的手，他的妻子——她。他们三人的耻辱，羞惭，面对一颗在黑暗厅室中闯入世界的小脑袋。薄被底下探出他们自己的孩子的眼，恐慌，满是对他们无法理解的那痛苦哀号的惊惧。她的手里，一只沾满鲜血的包裹，而后是微弱的哭声，黑夜之央，生命的微弱哭号。无论如何。仿若奇迹。同样，当哭声停止时，这负荷便加倍沉重。

而冬的哀号销声匿迹，归于遗忘，在夏的和煦面前化为乌有。而又一个冬，又一阵先扬后抑的生命之哭。沉默笼罩一切，犹如覆盖农场的厚雪一般沉重，封闭一切。胸中，一团蔓延全身的乱麻，让人变得沉重，让一切变得艰难——他们不敢望向彼此，他们三人，于难解的线结中纠缠。他们两个负着罪孽，她负着无辜。

清晨静谧间响起羊的咩叫，响亮，颤抖，卡特琳转过身，一只手挡在眼前，急急地抹一把脸。

有时，无辜真是肩上的重负。

埃琳，她离开时，她目送她，草场脚下，小约恩牵着马儿布莱莎，等待着她——弯着背，孤零一人，如老妪一般的步伐。

而现在，这封信。五年多以后。·封他不愿理会的信。

不要看。在这伤口开始结痂、农场上重现笑声的时刻。

一对灰眼，有力而闪亮，出现在海滩上，怀着无力的恨意盯着她，他的眼，梦里那个女孩的眼。一个女孩，穿着男人衣装，蜷坐在石滩上方的那个生物。黑发飘扬，凌乱，指甲通红，仿佛她曾将其浸入血中。

那么愤怒，这个年轻的女孩。像复仇女巫一般盯着她。你怎么能，她说，那么卑微，她说，让人随意践踏——

用他的眼，盯着她，传唤、审判她。听不进她的话，对她的解释充耳不闻。用宏大的字眼，恐怖的字眼，从你们这儿继承来的遗产，耻辱，屈辱，侮辱，吐出一个个词语，女性的牺牲——

一颗颗滚石砸向她，却无法抵挡。

她不由自主地将双手护在脸前，听凭梦的摆布。清晨已然消散，夜晚取而代之。

"你还收留了那些个野种！还不止一次，整整两次！"冰一般冷的笑声割入空气。

她又看见埃琳的脸，一切表情均被抹去，什么也不剩，只剩下痛苦，三天三夜，推开苏艾娃，推开他，抓住她的手，握进自己手中，救救我，救救我，声音只是微乎其微的喘息，几乎听不清，救救——

而他向后退去，看着她。他的脸庞扭曲、赤裸。赤裸脸庞，写满羞辱，让她心痛。

而孩子们的眼。首先，永远，孩子们的眼。

她唤出一幅又一幅画面，将其似盾一般举在身前：埃拉河，孩子们，他，这个家，他们曾共同拥有过的一切，无论好与坏——以十七年日与夜的材料制成的盾牌。

而年轻的女巫笑了，尼娜笑了，在卡特琳的梦里，在一个梦中之梦里变为女巫，放出笑的冰雨，笑与词语。

——还想把她接到家里！你疯了吧！被一封叽叽歪歪的信骗得团团转，谈什么原谅，谈什么赦罪——

冰雨击向卡特琳，一股冰流，威胁着要将她裹挟而走。她连连畏缩，脚下踉跄。

——可怜至极，悲惨至极，让人发不出一声笑，而你还——

但终于重获平衡，直起身来，重又将盾牌竖在胸前。举向空中，抵挡词语与笑的冰雨，以魔法对抗魔法。

但女孩已背过身去。复仇女巫。冲着大地吟诵自己的咒语，她只听得见回音的咒语。间或冲着天空举起酒瓶，词语传向卡特琳。一个词语。一再反复。充满魔力的词语，强大，费解。对未知伟力的召唤。而她似被催眠一般，看着自己的黝黑直发随词语的重音甩荡。

尖厉的召唤，响彻群山之间，她摇了摇华丽的小酒瓶，女孩，女巫。但什么也没发生。一切如前。无能的魔法。纵使愤怒如是，声音中仍有某种无助，让她想起生气时的小马雅。

这件宽大的毛衣底下，那样纤瘦的背，这位小小的女巫，这个长着他的眼睛的愤怒女孩。草间一只惊恐的包裹。忽然间，她想要走近些，伸出手，抚摸这茂密的黑发，想去安慰她，让她明白究竟发生了什么。但她知道那是无谓的，她听不进去，这个女孩，她不愿听。不愿理解那时的情形：欢乐弃而奔去，日子变得多么黑暗，多么漫长。一切都渐渐被某种诡秘、某种躁动浸淫，肮脏而黏稠的躁动，附着于一切之上，释放毒液，不断增强，直到冲破一切束缚，摧毁一切，再也无法复原。到了这种时刻，便再也无从谈起什么罪孽与宽恕，而是其他。或许便是生命本身。

她伸出手，小心地触抚这黝黑的直发，而女孩猛地甩头，抽身出来，威胁的手臂举向空中——

灰白的熊掌，向她摸寻而来，逐步靠近，血染的爪——

"我不是那个意思。"我冲着房间苦叫，冲着泛绿的微光。而她没有听见，卡特琳，我的外祖母，向后退去，眼神中含着同情，灼人的眼神。同情，真不敢相信！"善举。"我叫起来，感到声音紧紧绷起。"你确定那是善举？不是报复？"

她蓦地回首一望，环顾四周，然后转身离开海洋，经过农场，走上草场。空气中弥漫着新制干草的气息，混着多雨之夏后的湿热味道。

那梦中的词语，灰黑的雾团追迫脚边。

报复，罪孽，惩罚。她是多么厌倦这些字眼。

——惩罚我犯下的罪孽，埃琳写道。相信惩罚，上帝之惩，临降人间，绞折她的关节，因为她曾与其他女人的丈夫共枕，又为他生下两个孩子——罪孽的酬偿。

草尖扎入脚掌，她赤脚走完最后一段路，来到农场河畔。

报复——

"你这是给他引火上头啊，卡特琳。"苏艾娃曾说，放下信，眯着老迈的眼看她，不起波澜的眼，仿佛已看遍世事。当他离去之时，突然出现的苏艾娃，手搭在她的肩上，出乎她的意料，推她坐到自己的床上，给她一杯滚热的咖啡。

"很少有人会原谅这种事情。"她说。

"也许代价会很高。"她继续说，声音中含着警示，自然想劝她转变心意。而眼神中仍有某种关切。教卡特琳讶异。

这些年来，她从不去干涉她，苏艾娃。说不上好，谈不上坏，只是遥远。而如今，好似她一下子靠近了，复苏了，这个与她相对而坐的老妪，头巾底下皱缩的脸庞，难以捉摸的表情，或许这么一张年迈的脸上，早已没了任何表情。

一只鸟儿在卡特琳的脚旁起飞，停在稍远处的石头上，高声啼鸣。远方传来鹬的啁啾。

"一切皆有其代价。"她又如昨晚一般说道，目光投进溪流。无法解释，只知道世事便是如此。

湿润的清晨，石楠散发甜蜜的芬芳，混杂着百里香的浓郁香气；她坐到草地上，深深呼吸。自打她来到这里，她便将这块地方当作自己的专属地。她曾来到这里，聆听河流吟唱自己那和弦的歌谣，时而苦涩，黑暗，时而轻巧，满载着欢愉，却一直是同一支歌。

苏艾娃。没错。出乎她的意料。

"造物主很爱开玩笑。"苏艾娃曾说道，笑道，又将信递给她。"他会收回自己的那一份。以他自己的方式。躲不过哩。"

突然开始跟她讲起索尔维格来，自己的女儿，他的母亲。奥德尼的母亲。"我总在想，"她说，"要是我没有这么一份学习的渴望，又会发生些什么呢。孩子窝在家里就会变蠢，我这么跟她说，又把她送走，送走自打出生起就一直给这个家带来光明的她。在我们家斯蒂凡还活着的时候，那真是好年景；她一直都是大家的掌上明珠，不仅仅是我们一家人，还有一直没有孩子的索尔凯尔和弗丽德梅。是啊，真是好年景。我把我会的一切都教给了她，但我还想让她继续学下去，去接触更多可能。她个头很高，挺拔得很，皮肤黑黑的，相当俊俏。对所有人都那么和善。让我印象最深的就是她的温和性子。到了必要关头却也倔强得厉害。她不想走。她，还有寄养在弗丽德梅和索尔凯尔那儿的一个男孩，叫西古永的，他们俩之间渐渐生了情意。但我没有让步，虽然我们的家底并不宽裕。把她送走。孩子窝在家里就会变蠢，我这么说道。想把她打造成这个地方、这片地区最出色的准新娘。相信童话。嫁给王子的乡下姑娘。我真是瞎了眼。拒绝接受事实。就只想着我自己的抱负。无比盼望她可以得到那些我没得到的东西。有时，我还在心里偷偷地希望她是一个男孩。我会赌上一切、付出一切。是啊。我确实付出了一切。她回来的时候变了个人。已经学了不少东西，可不是我想让她学的那些；带着知识回家来，可不是我送她去学的那种。后来我的奥德尼就出生了。西古永要娶她，而她只是微笑，好像那种话是随便说着玩的，用不着回答。不再听我的话。只是微笑，像她对西古永那样。把她带回家的人也是他。抱她进来，小心地把她放到床上，好像他手里捧着的不是尸体，而是新生的婴儿。他们在巨女崖边发现了她。她在那里睡去。躺进雪床里。如果要学这个，实在不必离家。"

卡特琳与巨女崖对望着，山巅上孤零的悬崖，晨雾中一轮丰满而魁梧的女人形貌，石女。在她的阴影下，一个女孩卧于雪中，死寂。

"四十七年了，"一个老迈的声音，坚定，底下却藏了些许颤抖，仍在耳中震颤，"那些日子仍教我历历在目。"

雪中一方白丘，瞧得模模糊糊。索尔维格。失去了某些不容失去的东西，某些东西已被摧毁，再也无法重圆。巨女高耸在上，石女的形貌，沉默而硕大。

"为什么你现在跟我说这个？"久久的沉默后，她问苏艾娃。

而苏艾娃没有回答。

"有时候我觉得，"她转而说道，"小埃琳在这儿时，我能感觉到我的索尔维格也在这儿。最近这几天也是一样。所以，"她继续道，伸手去拿一只老旧的漆绿箱子，箱盖上文着暗花，"所以我要给你一件小东西，我把她送走时，也把这件东西给了她。"她从箱里取出一只包裹，外面包着柔软而泛黄的纸张，她将包裹放到卡特琳腿上。"我想让你留着这个。"

卡特琳往岸边挪了挪，双脚伸进冰冷的水流中。寒冷顺着腿肚攀上大腿，让肌肉紧绷了一阵，而稍后，暖意、生命便从溪流中涌来。她回望巨女崖。有人声称曾在悬崖底下看到过她，一只白色的幽灵，从积雪间升起，在星辰与北极光下踏着舞步。只在那时。而如今，她佩着她的披巾，苏艾娃的披巾。

她脱去外衣，将衣服叠好，放在草间。解开已开始有些紧的裙子，从头顶脱下。

没错，她大概明白，苏艾娃为何要对她讲自己的故事。她了解丈夫的性子。也了解他的负担。

但人人必得自救。

她脱去内裤与内衫，放在裙子与外衣上。裸身立在河中。一阵战栗袭来，她跪入水中。

报复他，报复他们——

一只灰白的熊爪搅乱水面。

那个梦。

坍倒的农场，此时，她记起来了，四处都是没腰的高草，荒芜。四处都是荒芜。

只有她和那个女孩。在荒芜之中。

报复——

胸腔里，一下猝动，摆尾，水中的鱼。

孩子。

她站起身，向里听去。然后继续蹚入河中，在水面齐膝时停下，开始慢慢解开辫子。灰白的棕发在她身上漫溢开来。她的头发比他要白多了。虽然她才是更年轻的那个。岁月留下了更清晰的痕迹。她扫视自己的身体，这个孩子使她的身体又焕发了年轻，松弛的乳房变得硬挺，腹与臀变得丰满。

她闭上眼，深深呼吸。浓郁的草木气息充溢她的口鼻。他的脸庞浮现在她眼前，无数形态中的他的脸庞，他的脸庞，对她那样亲切。

她又屈膝跪下，将水扬上脸颊，因寒冷而大口喘息，又微笑。蓦地回首，仰望巨女崖。

报复，罪孽，惩罚——

一只渡鸦飞过。高声哑叫。急急落在悬崖上，而后重又飞走。

她直起身，目光追着渡鸦，飞往农场的方向。

哑，它叫道，哑哑。

她又感觉到摆尾，在肚子里摇摆的小小鱼尾。

她仰脸看向太阳，微笑仍在唇上嬉闹。

远方传来一声朦胧的呼唤。你在哪，卡特琳？于群山间回响。你在哪——在哪——

而她一动不动。迎着晨光，稳稳地站在溪流中，背对着悬崖，赤裸——

第二夜

又入了夜。而我在这里，这把坚硬的椅子里。等待。早上出去，到日光下，被马大赶走，万分欣喜，以为当我从这里出去之时，便能再次踏上坚实的地面，却没能逃脱这一夜的迷惘，没能摆脱这间房间。白日与夜晚同样迷乱。不知怎的，一切都朦朦胧胧，失了真实。

又坐在这里。

这把难受的椅子里。

已被卷入某些我无法摆脱的东西里。

是马大把我叫醒的。今早。清晨某时，想着卡特琳与这场前所未有的旅行，我睡着了。"醒醒，"她说，摇摇我，"醒醒，尼娜！"我又成了小女孩，而她俯视着我，你要不要上学了，赶紧起来，声音里满是愤怒，而妈妈的声音，尼娜，小尼娜，醒醒呀；马大，你什么都由着她；妈妈，好啦马大，你走吧，我来照顾尼娜。那样熟悉，几近温馨，我伸伸懒腰，准备将被子拉过头顶，再五分钟——

我在椅子里动了动弹，而恰在这时，马大的声音："这一堆纸是干吗的？"我惊起，看到纸页从我的腿上径直涌进马大手里。

"给我拿过来！"我急急道，连忙伸手去扑，声音比我预想的更加尖利。

而她避了过去，假装她并未听见，转过身，研究起这些纸页来。

"苏艾娃，"她说道，语气似在疑问，"卡特琳，"又避过去，继续翻看，"这东拼西凑的是个什么玩意儿？"

玩意儿。一个她从前用过的词。好一个玩意儿。后面跟着三个惊叹号。写在藏在五斗橱抽屉里的笔记本的最后。很久很久以前。

我将纸页从她手里撕抢回来，一股脑儿地匆忙塞进包里，整理一下衣服，离开了。

耳朵里还回荡着马大的命令，已将这一天安排停当，给货船上的弟弟海尔吉发了电报，与拉切尔与奥德尼也通毕电话。拉切尔在进城的路上，我要负责去迎接她。我要待在这里，等待他们到达。一位将军，带领着自己的军队。

一如既往的专横。

目光中仍有些许谨慎。一丝怀疑，一丝厌恶，但无疑也有谨慎。

我劝你别去碰这些东西。

她说。声调几近友好。

可我没有听从马大劝告的习惯。

玩意儿——

一个遥远的晚上：尼娜，一个双腿修长的少女，于黑暗中，悄悄拉开五斗橱的抽屉，伸开手指，摸出藏在内衣底下的蓝色笔记本，床具浓郁而干净的气息，风、太阳与奥妙洗衣粉的气息，万籁俱寂。打开灯，舒舒服服地躺在铺好的沙发上，翻看着，间或停下，玩味个别句子，将词语反复咀嚼。然后抓起铅笔，握在手中，翻过一页。动作静止、僵硬——

好一个玩意儿！！！

铺好的床铺上，一个瘦高的少女，盘腿而坐，驼着背，俯在蓝色笔记本上，拳头紧攥，握着铅笔，一动不动——

黑色的大写字母斜穿纸页。

小尼娜可能觉得自己是个诗人呢！

接着，白色床单上，粉碎的笔记本，写着字的碎片，白蓝相间的纸堆四处散落。顶上是铅笔残段，黄色。

耻辱。记得最是清楚。她的身体多么灼痛。好像肮脏的手爪在隐秘的部位抓挠。记得她是如何紧咬牙关，紧闭双眼，不让眼泪涌出，一滴眼泪都不可，而羞耻与屈辱，不断撕扯，教她呼吸困难——女孩尼娜，觉得自己被马大的话剥得一丝不挂，被狠狠鞭打，一切都将不复如前。

玩意儿——

忽然想问一问马大：你记得——但止住了。笑道："你还是一点没变，马大！"而她诧异地看我，不知道我在说什么，因为从未提过此事，哪怕在吵得最凶时也没有。

荒谬的事件。教人落泪。一件我已然忘记、却又被这间房间勾起的事情。这间笼在绿色微光里、花朵灼亮的房间。芬芳是那样浓郁，淹没了疾病、衰老与死亡的恶臭。

依稀记起昨晚的一个女人，站在床边，玛格列特，起初陪我走进这里的那个女人，或许已经在那儿待了许久。我正沿河而上，追随着卡特琳，忘却了其他一切。盯着她手中鞋子上的补丁，鲜艳颜色，黄、红、绿、蓝，小小的彩虹，卡特琳，穿着这鞋子走路，与大地达成和谐，正是她的本性。"今晚不会走的。"溪流潺响间，我听到一个声音，玛格列特的声音，低微，仿佛在自言自语。言语坚定。充满信心。驱散睡与醒之交的迷惘，哄我入睡。无梦的睡眠。仍有什么在那里游荡，我抓不住，却能感知到，想要抓住，却退避回来，什么——

今晚不会走的？

去哪？

哪也不去。离开这一切。除了到墓地去。当这一切结束之时。不管这一切究竟是什么。

突然发觉，我的头已垂进肩膀之间，身子僵硬，或许这个姿势已维持了许久，赶忙去放松。觉得房间里的天花板似乎很低。但完全不是。完全相反。

走的人是我。走出这间房间，这间令事物变形、混乱，让一切都朦胧起来、摇摇欲坠起来的——

有什么东西，能既朦胧又清晰么？

卡特琳被留在河流中央，立在湍急的溪流中，她在我的眼中是多么清晰，劳苦的女人，个头矮小，肌肉结实，胸腔底下却显然怀了孩子，双手将溪水舀上身子，就要踏上这场前所未有的旅行。

"她当时怀着你妈妈。"马利亚的声音从远方某处传来。

"是，可为什么呢？为什么她把她接了回来？"女孩尼娜问道。

"故事从来就不能解释。"马利亚笑道，摇摇那支纤细的雪茄，烟雾径直飘进尼娜的眼。"你会为了看看蝴蝶为什么会飞，就撕掉它的翅膀吗？"

尼娜便愤愤地沉默，不再多问，觉得马利亚在胡言乱语。

她在我眼中是那样清晰，好像我只需一抬手，便能触碰到她——她堆在河岸上的衣服，嵌着缤纷补丁的羊皮鞋，留在挂着晨露的草丛中的足迹。

我做的一个梦——尼娜做的一个梦，白兰地酒醉之中，她坐在久已破败的农场边时做的一个梦。尼娜，耳朵里还回响着自己的咒骂，不再清楚什么存在、什么又不存在，界限已被抹去，彼处即是此处——一切都是混沌，都在流转，一条将她推压向前的激流，土棕的泥流，拖拽着她，而她在挣扎，挥舞白兰地酒瓶，对抗震耳欲聋的沉默轰鸣。远处坍塌的房脊上，一只渡鸦，亮黑颜色，等待着。

这里没有白兰地酒瓶。用以对抗幻想、故事与梦——对抗这汹涌、翻腾的喧嚣碎语。在上、在下、萦绕周遭一切。不留一丝安宁。

我劝你别去碰这些东西，她，我的姐姐马大说。意思是，我来到了危险的冰面上，我不该染指这些古老的故事。理所当然地觉得广告更与我相配，广告，她总不遗余力去谴责的资本主义产物。

我劝你别去碰这些东西。

说的可比做的容易，好姐姐马大。

我的外祖母卡特琳相信梦境、幻象与精灵，相信隐形人①、异兽、鬼魂，相信是与非、真理与灵魂得救，相信雅赫维②与他的信众。将这一切毫不费力地一股脑儿塞进现实，

---

① 精灵（álfur）与隐形人（huldufólk）都指冰岛民间传说中的同一种超自然生物，人们认为冰岛的许多岩石、洞穴中就生活着这些看不见的精灵。

② 雅赫维（Jahve）是犹太教最高神明的名称，由希伯来语的"四字神名"（*YHWH*）转写而来。这里应是指上帝。

不眨一下眼睛。稳稳地立在土棕泥流之中，卡特琳，我的外祖母，给自己的丈夫判了最严酷的刑罚，和善一如往常。因为她是个和善的人，尼娜知道，她在索尔蒂斯与马利亚，在两姊妹间的谈话里听到过，一个和善、快活的女人。出发，牵着马儿布莱莎的缰绳，肩上披着苏艾娃的披巾，去接回自己丈夫的前任情妇，为他生过两次孩子的女人，将她安置在家中。实非他愿。

她以为自己在做什么？

善举？

我不相信善举。

想让他记着自己犯下的罪过。确保他不会忘记自己的所作所为。他们两个都不会忘记。永远不会。

在从马利亚那儿继承来的一张书桌里，我发现了一封她寄来的信。写于马利亚住在哥本哈根的那段时间。一封泛黄的信，褪了颜色，一些地方的字迹几乎无法辨认。马利亚存着的唯一一封信。不懂为何。里面并没什么好珍存的，没有什么大事，没有金玉良言，没有智慧见识，什么也没有，只是乡村老妇写给遥远国度的女儿的一封日常信件。大家伙都挺好，干草收成出乎意料得好，圈羊和屠宰都结束了，节令还算不错，不过有点担心身体，尤其是他，就像你爸爸说的，我们都老了。还有，希望他能走在她的前头，不放心把他留下。

对这个冬天有点担心，她说。之前她总怪梦连连，我的外祖父奥德尼还是像往常一样，一笑置之，不当回事。他的信附在后面。你的妹妹，索尔蒂斯，可能二月末左右①

---

① 原文作 góa，冰岛旧历中冬季的第五个月，始于冬季第 18 周的星期日，公历日期为 2 月 18 日至 25 日之间。

就要生了，身子难受极了，真是可怜，你知道的，上次就生得辛苦，毕竟没隔多久就又有了。不过孩子们也有趣儿，农场有了他们就有了乐趣，奥德尼跟他外公是一个模子刻的，寸步不离地跟着他，还有拉切尔，绝对是她见过的最活泼的孩子，刚满一岁就开始到处跑了。你怕心里的想法一个都实现不了，我也明白这让你颇灰心，我的小马雅，可虽是逆风，却也不能放弃，等等诸如此类的话，困苦中一首慰藉的歌谣：逆境使人坚强，试炼人的性情，是有益处的，因为我相信，一切皆有其用意，更要紧的是我们是谁，而非我们是<u>什么</u>。加了下划线。一看就是认为能够将二者区分开来。还寄了一些钱。你爸爸和我给你寄了点钱，你可以给自己买件冬天的大衣或是其他衣服，不过一定得是件漂亮衣服，信里特别提了这一点，得是一件你自己满意的东西；还有一袋地衣，我知道你很想念冰岛的地衣，再还有一本书，是她的儿子尼古劳斯送的初夏日①礼物，她读着很喜欢。这书不知怎的，让她想起自己的大儿子约恩写的诗——一次风暴时，约恩在北部溺死了。所以寄书来，不过搞错了书名，管它叫《九月太阳下》，其实叫《流浪人之歌》。

　　九月太阳下。科维塔谷的斯蒂凡②。我没想过，这样一

———————

① 初夏日（sumardagurinn fyrsti）是冰岛的传统节日，是旧历中哈帕月（harpa）的第一天，公历时间为 4 月 18 日的第一个星期四（4 月 19 日至 4 月 25 日之间）。

② 科维塔谷的斯蒂凡（Stefán frá Hvítadal, 1887—1933）是冰岛诗人，生于西峡湾地区的侯尔马维克（Hólmavík）。诗集《流浪人之歌》（Söngvar förumannsins）出版于 1918 年。

位诗人竟会为偏僻海湾里的老妪所钟爱、欣赏。

> 死亡近了呵，我已得解脱，
> 我已拥抱过、亲吻过。
> 九月太阳下
> 夏日初展笑容。

对不上。这首诗和我的外祖母卡特琳——这些诗歌。统统对不上。

"埃琳？"一个洗衣日里，尼娜问她的母亲索尔蒂斯，一边忙着转动轧衣机，一边朝着洗衣房的蒸汽团吐出这个名字；索尔蒂斯回过头看了一眼，正在将床单拽出热水桶，脸上被空气中的浓郁潮气弄得湿漉漉的。

"埃琳？"她似问非问道，在桶边上拍打着成堆的床单。"哪个埃琳？当心轧衣机。"

尼娜紧忙去扯一点点被卷进轧衣机里的衬衣，赶在衣服卡住之前，将它从转轮下拉了出来。不顾母亲眼中的疑虑，她仍继续问着。

烟雾弥漫间，当轧衣机吱嘎作响、火焰的呼号穿出黝黑炉栅之时，索尔蒂斯还是吐露出了那么一两件事情。埃琳，算是她的保姆，教她编织、认读，会讲无穷无尽的故事。她荡出微笑，来回走动时，靴子啪啪作响。每逢洗衣日，便在靴子里灌满水，索尔蒂斯，再没有什么比这个对脚更好啦，她说，微笑展得更加宽阔，而尼娜爆发了。不相信自己的耳朵，绝不接受。衬衫牢牢卷进轧衣机里，她们不得不拆下转筒。

而对于女儿的激动，索尔蒂斯只是笑笑。

生活不是非黑即白的，我的小尼娜，我要干完这些，你去把热水桶里的东西拿出来吧，我得在今晚之前把这些工装煮了，答应过的，衣服明天就能洗好。你再加点炭。

答应过的。尼娜的又一根肉中刺。妈妈的这些食客。别的人家都没有食客，只有他们家。可眼下有其他更紧要的事。

"可是为什么呢？"缠在搅衣杆上的床单吸足了水，她一面搅着，一面气喘吁吁地问道。"为什么她把她接了回来？"

索尔蒂斯从轧衣机上抬起头来，若有所思地看着她，然后露出她那神秘的女性微笑，那一抹将尼娜隔绝在外、说明她什么也不懂、她太年轻的微笑。尼娜痛恨的微笑。

"我不知道，"她说，微笑在她们之间翻飞。"她把她接了回来，我只知道这个。"

"然后呢？"

"没有然后。"

"但是外公——"

"你外公？啊，你是说这个。那些事早都结束了，什么也不影响。"

什么也不影响。卡特琳，将埃琳安置在家里，把自己怀的孩子交给她抚养，不过那什么也不影响。她说。索尔蒂斯，我的母亲。对于过去故事的看法与马大如出一辙。别去碰那些故事，别去打搅，它们是个人的私事。她们两个对此意见一致。说到底，其实马利亚也是。从来不讲自己的故事。跟索尔蒂斯一样。只有零星的碎片，散落的残块，四溢的枝桠——

"马利亚姨妈当时为什么要出国呢？"今晚到这儿时，

我问马大。没接着拉切尔，已经等了一整天，飞行天气太差，拉切尔被困在她那偏远北部的小农场上。脑袋里仍想着我一直在读的那封信。已变得很脆，快要在我手里碎裂。

马大一副倦容，坐在走廊里，抽着烟。

"马利亚？"她似问非问道，看向窗外，脸上满是倦色。马大，她的头发已渐灰白，我之前从没注意到。脸颊更消瘦了，满是皱纹。一下子成了个陌生女人，马大，我的姐姐，一直跟我针锋相对的那座工人之钟，那个狠娘子、说教家，消失了。取而代之的是个上了年纪的女人，佝偻在医院走廊的椅子里，神色倦怠、悲伤。

"马利亚。"我放声道。她看着我，靠近些，重复道：马利亚？疑虑的神情重又浮上脸庞，与很久以前的一个洗衣日里，妈妈眼中浮出的疑虑如出一辙。

"问这个干吗？"

"你知不知道？"

她回答了，勉强答了，好像她老大不情愿，需得拼力将那些话挤出来，但还是回答了。

"之前我听说她想去学画画，诸如此类的吧。"

我不知道我们俩到底谁更惊讶。

"然后呢——？"

可软弱的一瞬已然逝去，她咬紧双唇，狠狠掐灭烟头，又点燃了一支。

"你又开始抽烟啦？"我问得愚蠢，她说是。我问谁陪着妈妈呢，她说是大哥奥德尼，又将燃烧着的香烟扔进烟灰缸。我们沿着走廊一起走下去，她在门边停住，看着我，说，她只在他们那所艺术学院里当过模特，就再没了下文，愤恨的眼睛盯着我，好像这一切都是我的错，然后打开门，

了哇，鳕鱼鳕鱼，又是鳕鱼，你就不会做点别的吗？摔上了门。

尼娜洗衣，尼娜打扫，尼娜做饭，当阿德纳尔画画，准备一场毛式或列宁式的革命时，尼娜在商店工作，还要注意，他在家时不能用打字机。女仆尼娜——有时，在小萨拉和古德永吃早餐的时候，她瞧着他们的脑袋，站在特别定制的橡木家具旁，喝着咖啡，思索着，这套完美的系统是谁发明的，思索着，不过在这儿挣的工资可比在阿德纳尔那儿或是办公室里要多，便笑出声来。萨拉抬起头，说，妈妈你在笑什么呀？

萨拉，想听故事，好笑的故事，童话。不知道尼娜早就抛开了童话，在北方海湾里，一次性地与童话、想象、梦幻划清了界限——为自己编织出一条词语的绳索，尼娜，灰暗、沉重的词语，现实的词语，未被草间的呢喃或是风的呼啸染指过的词语，将自己从土棕的泥流中解救出来——

"你是谁人的子孙？"

门口一只巨怪，形貌骇人，身着古旧的深蓝长袍，紧锁眉头。

"你是谁人的子孙？"

沙哑而深邃的声音，停寂以后又回荡开来，一声缓缓消散的响雷。而在最后一道回响中，那声音背后现出一个身着蓝白服饰的女人，隐身女，精灵女，被他的声音勾唤出的女人。

"你又迷路了，我的欧拉弗尔。"她，精灵女人，说道，声音柔软，民间传说的气息登时拂过，而霎眼间她便消失、变形，成了玛格列特，穿着弹力袜、双脚肿胀的丰满女人。

站在门口，搀着一个老男人的手臂；他穿着蓝色的方格大褂，高个子，身材粗壮，微微有些驼背——风吹日晒的平凡脸庞上，纵横着深邃的沟壑，好似一片瘠薄的风景，双眼肿鼓，血丝弥漫，像是经过盐灼或是太阳直射一般，不住地流泪。

"你是谁人的子孙？"他第三遍说道，而她温柔地引他转身，回过头向我投来抱歉的微笑，又关上门，带着他离开。

穿着过大衣袍的老壮汉，既不是从民间传说，也不是从童话里脱身而出的人物，只是一个因为无法入眠而在医院走廊里游荡的糊涂男人。年迈老人，门口的巨人，精灵之王，欧拉弗尔·百合玫瑰骑士①，如此而已。

我松开椅子扶手，伸展一下四肢。本该去要一把更好的椅子还有咖啡的。玛格列特说了好多次，要给我准备一张折叠床，供我躺着，但我不要床，不想睡在这里，没有这份兴致，不过倒想要一把更舒服的椅子。

民间传说和童话故事，不属于我的世界，尼娜的世界，"存在"与"不存在"之间壁垒分明的世界，至少曾经分明过——在她迷途至此之前。

我站起来，踢掉鞋子，身子已然僵硬，想要做做运动、活动一下，却也知道不能那样。在这儿健身可不行。在我绕着房间转圈的当儿，聆听裙子发出的柔软窸窣，棉丝材质，品牌是卡夏尔，深蓝色，穿在各处均很相宜。在与古德永的婚姻中学会了品评衣着，还有葡萄酒、食物，以及其他种种。却还是希望自己穿的是牛仔裤和毛衣，或者运动服，但觉得那么穿不大合适。不知道为什么。不是因

①　欧拉弗尔·百合玫瑰（Ólafur Liljurós）是冰岛民间传说中的骑士，因拒绝女精灵的引诱而被女精灵伤害，归家后不久即死去。

为躺在床上的那个人。她会笑的，这种事在她那儿叫愚蠢、虚荣。我看了一会儿酒店设计图，想了想这款难以下咽的汽水马尿。可这两样东西都比月球还要遥远，跟我没有半点关系，即便我已答应下来，在周末之前要给出几个方案，即便我是出了名的言出必行。我把这些东西都收起来，为了困惑、碎片、枝桠而背叛了现实——

你是谁人的子孙？他问道，夜里迷路的老男人，无法入睡。

一个我一向都觉得可笑的问题。我就是我，仅此而已。

却撩拨了心弦，这个问题。让我想起高草间的匍匐，唤出画面——像老电影一般流转、泛棕、模糊，在我眼前复活。逐一登场，仿佛它们一直以来只在等待这间房间、这张床，借以复活，一幅画面接着一幅：苏艾娃、弗丽德梅、雅各布、斯蒂凡、卡特琳——

——站在储藏间里，卡特琳。黯淡的暮昏。潮湿、泥土还有酸乳清的冰冷气息。将大桶、小桶倾斜放置。脸上一副忧虑神情。从半空的袋子里抓一把山草出来，又松开指缝让其滑落，皱纹刻得更深了。又拿出一只盛脱脂奶的碗，拿来工具：一根带头的杆子，头上缠着短线头。她挽起袖子，小心将杆子插进去，开始搅拌——与极酸的血冻一并搅打，今晚的应该够了。她抬起手，将发丝从额上拨开，手掌粗糙，骨节突出，劳碌之手，透出紫红颜色。动作疲惫，无比熟练：一个女人用手背将发丝从额前拨开，工作中的片刻休憩。我知道，她在脑袋里计算着还剩下多少食物，她该怎样操持才最好，虽然这点事情她早就熟稔于心。一瞬间，她闭上了眼睛，然后又拿起搅拌杆来——我聆着风暴敲打屋顶的声音，而她搅啊搅啊，只低头盯着这白色的浮沫，填充肚子的果腹之物。

另一幅画面，又是这海湾，冬日画面：骇人的自然景貌，白色。白烁烁的无垠原野向地平线奔去，被可怖的山之巨人围住。白色的死寂世界。画面前方，一个斑点，黑斑，渐渐化为人形。一个旅人，孤身一人，肩上背着枪。高而瘦的男人，裹着羊毛袄与皮帽，手上是厚实的皮手套。步履沉重地行进，神情空洞、晦暗，浓密的眉下一双血丝漫溢的眼，胡子上结了冰柱。我的外祖父，奥德尼，沿着冰封的悬崖，孤身一人行旅，找寻着食物——

在他艰难翻越这片海滩时，我盯着他呼出的雾气；而海滩已不再是海滩，只是雪、浮冰、雪块。感到肩上枪支的沉重，看到他停下来，再一次环顾，在这毫无生气的世界里寻觅一线动静。感到他无力的愤怒、失望。在他眼前，家中一张张瘦削的脸，男孩们的牙龈已开始流血，而哪里都没有动静，四周皆是死寂，他的手攥紧火枪。他一动不动地站了片刻，呼吸促急，眼睛仍盯住灰黑的悬崖，上下游移。接着，他缓缓转过身，踏上归家的路途，垂着头，弯着腰，好像负着重担。我感觉得到，回家让他多么煎熬，孩子们热盼的眼，她的眼，虽然他也知道，自己没什么好担心的。只要她看到他空手而归，便立刻将孩子们送进屋去。会帮着他脱下衣服，为他热好掺了水的牛奶，跟他说一切都会好起来的，还能从奶牛身上挤出几滴奶来呢，鸟儿必定会来的，迟早要来的，鸟儿一向如此的。而他会挤出几句话，看到她宽了心，笑纹又跃上嘴角。也知道，明日黎明时，他会再次出发。

而焦炙仍停留在那儿，胸腔中哑言的疼痛——孩子们在雪堆上等待的眼，她的眼，在她将孩子们赶进屋里之前的那一刻。希望僵死的那一刻。我看到，他咬紧牙关，又转身向悬崖走去。

我看着储藏间里的女人，看着雪原上的男人，突然间我明白了，我永远也无法理解他们的生活，永远也无法理解他们之间的种种。永远无法理解，在发生了那些事后，他们怎么还能把从前给他生过孩子的女人接到家里，却什么都不改变——如若果真如此的话。明白了索尔蒂斯——我的母亲——这张床上的女人，在很久以前的一个晚上，那般愤怒地谈论丹麦罗曼是何用意。明白故事其实都是虚假的，定是如此——无法勾勒出每一天、每一月、每一年，无法勾勒出现实，仅仅反射某个部分，某个事件，那些无法被言说之事的某些片段。半饥半饱、长着虱子、年复一年地蜷缩在土房之中的穷苦农夫，还有他的利穆尔①、诵书会②和英雄崇拜——明白这幅画面与那些戏剧性的命运故事是同样的虚假。同样虚假，也同样真实。

我又看到男人咬紧牙关，沉重地转过身去。看到他好似青春洋溢的王子一样站在河边，笑容满面。看着她在漆黑的储藏间里，将头发从额前拨开。我急忙站起来，却险些跌倒，需得用手撑住，白皙的双手，缀着戒指，指甲染成红色，不是骨节硕大、冻得青紫的双手，被包指皮手套

---

① 利穆尔（rímur）是冰岛一种有特定格律的表演性诗体，内容多带有传奇色彩。

② 诵书会（húslestur）是冰岛旧时的一种习俗，因书籍稀少、聚落分散，晚间时便有一人负责朗读，供所有人聆听，内容多与基督教相关。

裹住的劳碌之手——不是——

钢索之舞。其下是万丈深渊。

我走出去。去找卫生间，走进去。必须离开这间房间。不舒服。坐在白色抽水马桶上，听流水声，端详我的双手，这是我的手，站起来，系好腰带，按下冲水，又看向镜子，这是我的脸，尼娜的脸，尼娜，相信她能够亲眼所见、亲手所触的东西。尼娜，知道时间是一个个瞬间排列起的序列，而非一条能够随着意思踏入的河流，知道此刻她就站在这里，卫生间的瓷砖地上，端详镜中自己的脸，知道一会儿她又要回到那间有着铁床与花朵的房间去，于夜逝之时坐在那里。

尼娜，知晓这些。曾经知晓。一切都一清二楚，知晓她的所在所处，直到她迷途至此，进入这充盈着沉寂、波动与轰鸣的昏绿光芒——仿如一道涌流无前的激流，永不息止，裹挟着她，裹挟着尼娜，她，只晓得现实是可感知的、生活是可定义的、其余一切便皆是虚妄。

将旧披巾留在家里，为自己喷上奥斯卡·德拉伦塔的香水，压抑住泥土、酸乳清与潮湿的苦涩气息，伴随着古老故事的酸涩气息，决不要卷进舞蹈中去。

端详镜中的脸，疾步走下走廊。心底，一个朦胧念头：安德烈斯，鸡胸肉和牛油果沙拉在冰箱中静候，忽然间饿极了。若是一切如常的话，现在本该躺在安德烈斯身边，喂饱了，满足了，无忧无虑的。想着，一切都乱了套，疾步走下走廊，肚子饿得生痛，撞上了玛格列特。她笑，说："你迷路啦。"我环顾左右，的确。来到了另一条走廊上。玛格列特匆匆投来眼神，问："出了什么事吗？""出事？"

我说，"没有，当然没有。"而她仍注视着我，说："这比很多人预想中要困难多了。"而一刹那间，我很怕她就要开始跟我讲起什么生命的轮回，死亡只是另一种形态的生命，甚至还有死后的生命。受不了这些想法。受不了这些人们用来自我安慰的陈词滥调，因为不敢面对那个事实：人们活着，也会死去，死了就完了。所以我说："这？什么？死么？"她转过脸，嘟囔了些什么，我没听见，便走开了。

安德烈斯。

早上，答录机里他传来的信息：要是我能帮上什么忙的话，就尽管开口吧。声含关切，好像这些事情跟他有哪门子关系。开始搞不清角色了，安德烈斯，我的床伴，插手一场与他无关的演出。之前便发觉了。开始用起**我们**两个字来，我们做这个，我们去那个，编排着根本不存在的未来。尼娜，要是我能帮上什么忙的话，就尽管开口吧。而我愤愤切断答录机，切断安德烈斯，这个男人，人人爱慕的情人，两年以来一直温暖着我的床铺，如今想再进一步——认为这些事情与他有关，以某种神秘的方式。

沉寂之中传来一声低微的呼吸。被子微微起伏，唯一的生命迹象。什么都没变。花朵、床头桌、这张床。悬在床头的十字架。黑色。

旅途伊始，在北极之隅的墓园里寻找另一把十字架。前往一片遥远的海湾。尚不知晓画面能够复生，故事将会侵入。

"你在找什么？"海尔吉喊道，坐在一面石墙上，皮肤晒得黝黑，他和阿德纳尔，都赤裸着上身，旁边嘶嘶作响的普里默斯炉上，一口锅，里面是新钓上来的鲑鱼。

而尼娜没有答话。听到远处阿德纳尔和海尔吉一边钓鱼一边夸口，她蹚着高草与枯叶，在已被遗落的墓碑间，寻觅一只久经风霜侵蚀的白色十字架。记得清楚，入秋前的一个晚上：小女孩尼娜，在一团漆黑中跌跌撞撞地走，跟在妈妈身旁，紧紧握住那厚实的手，全世界都失了秩序。穿了厚实的毛衣，而未去睡觉，妈妈说，我们要出去一下，厨房里传出一声答话，门口有个男人，样貌朦胧，爸爸。说了些什么，我不记得了。浓黑里，走啊走啊，尼娜和妈妈，与窗户里的光点渐行渐远，尼娜急急蹑足，想要转身回家去，但必须得跟着妈妈，她知道，尼娜。知道许多，虽然马大和海尔吉说，她是个什么也不懂的小破孩儿，偶尔在他们以为没人看得见的时候，还会掐她两把，管她叫叛徒。她知道许多。知道妈妈会在晚上哭泣，在她以为所有人都已入睡之时，从来不哭的妈妈。时而醒来，听到妈妈的床上传来沉重而湿润的呼吸，便知道她在哭，惊恐地赶到她身边，在黑暗中轻抚她的手臂，抑或面颊。抚啊抚啊，说着好啦好啦，好让妈妈别再哭了，胸中的痛楚也可消散了，但妈妈将她推开，说：嘘，尼娜，赶快去睡觉，不要安慰。而尼娜很怕，跟在妈妈身旁，于黑暗中行进，害怕迷路，但妈妈识得黑暗中的路；现出一扇白色的门，墓园的门，尼娜更怕了。却还是跟着妈妈，不能让她一个人进去，知道这是个连海尔吉都怕的坏地方。妈妈的手，她攥得更紧，她们继续在黑暗中行进。而突然间，妈妈停住，将尼娜拉过来，紧紧抱着她，沉默，无尽沉默后，说，看哪尼娜，你的外公外婆就躺在这儿。而尼娜说，哪儿？困惑，不懂妈妈是什么意思。黑暗中只有一蓬草，没有外公，没有外婆，只有一只白色的十字架，还有草。而妈妈跪在草上，说，现在我们要跟他们告别了，你也要，小尼娜。而尼娜听得分明，声中有泪，看到妈妈合起掌，就像她教尼娜祷告时那样。可她不明白，不知道她干吗要跟一蓬草、一只白色的十字架，跟她从来就不知晓其存在的人告别，不知所措地站在那儿。最后战战兢兢地问，妈妈，他们在哪儿呀？他们和上帝在一起，妈妈说。而尼娜更害怕、更困惑了，因为上帝不在地上，他在天国里呀，这一点她是知道的。更加战战兢兢地问，妈妈，我们为什么要跟他们告别呢？妈妈说，因为明天我们就要离开了。

没有找到那只十字架，或许已经给侵蚀殆尽了，消失了，被这贪婪的草木吞噬了。

尼娜不再找下去，蹚着一摇一荡的高草和枯叶，朝阿德纳尔和海尔吉走去，靠在阿德纳尔身上。紧紧拥着他，感受指尖下的温热肌肤，贴着面颊，蛆虫的养料，那么暖，那么柔软，那么生气勃勃。浓郁的草木气息，他们脸上的笑容，头顶的太阳，嘶嘶作响的普里默斯炉，抱他抱得更紧些，好像她永远也不要把手松开，笑他们脸上的尴尬表情。阿德纳尔说："她还不如就一直待在这些旧墓园里呢。"海尔吉抬眼看天，说："女人！"

你是谁人的子孙？他问道，那个老壮汉，门口的巨人。

就像老马利亚。坐在养老院里，丝衬衫扣得歪歪扭扭，困惑地看着我。说，你是谁呀？或许故事刚讲到一半，不过从来不讲自己的故事，永远是其他人的，唯有那么一次。她说，没有人来看我，泪水涌上眼眶，又继续讲下去。然后呀，她说，然后，妆底下，那张灰白脸孔，乱蓬蓬的头发，一张小丑脸，不停讲着故事，里面的气息教人窒息，衰老的、死亡的气息。

这里的沉寂——

她去世的时候，我在威尼斯。跟古德永一起。本该在巴黎，却跟我刚认识的伙伴们一起溜了，一群嬉皮士，要去威尼斯。古德永随后抵达。愚蠢的争吵，记不得是因为什么。回来后才得知她去世了。

"你本来可以去多看看她的。"马大一如既往地责备道，尼娜的良心：马大。而尼娜默然，不想吵架，没有提起那股气味、假牙的碰撞、故事的激流。知道马大是不会理解的，她觉得一切都很正常——觉得衰老很正常，畸形的滑稽画，很正常。

雨水击打窗户，我站起身，拉开窗帘。盯着雨滴顺窗玻璃流下，瞧了好一会儿。城市中的光亮闪烁明灭，夜的光亮，对面的教堂，灰暗中被点亮——灰暗的世界，折射出零星光柱，虹色之光，恰似透过泪滴凝望。

"那些年里你在国外做什么呢？"一次，我问马利亚，想的是她的那些珍贵物件，画作，银饰，家具，她是怎么得来那些东西的。而马利亚从画得潦草的黛德丽①式拱眉底下睥了我一眼，沉默片刻，又继续讲起故事，装作没有听见。

"继承了她的东西，一次也不愿去看她。"马大的话，热衷自我牺牲的马大，看望她、惦念她、负责她的葬礼、什么也没继承到的马大。

马利亚。在外三十余年，从一战后起，直到二战之后——之后回家来，在西部开了家缝纫店，矮小的个子，娇小，优雅。与妈妈是那样不同。到首都来，坐在绿沙发上，

———————————

① 黛德丽（Marlene Dietrich，1901—1992）是德国著名演员、歌手。

给尼娜讲故事，而索尔蒂斯气愤起来，说，你贬低我们的生活，将它搞成一部丹麦罗曼。索尔蒂斯，不懂故事的本质，不懂故事本身即会成为真实。故事首先是对现实的转换，是对掌控现实、理顺混乱的尝试。

马利亚知晓这些。继续讲述着故事，令自己迷失在故事的激流中，便看不见那幅滑稽画面，听不见黄白马匹的嗒嗒蹄声，抑或昏夜中的绵延哼谣，你岂未，你岂未看到我颈上的白斑，尕伦，尕伦——

你是谁人的子孙？刚刚他在门口问道，一个老男人，也许是海员，或者是农夫，夜里迷了路。或许以为自己进了山中，所以必得一问，在这世上已然迷失。寻觅一张脸孔，一个名字，某些他明悉的、能够辨出的东西，某些连接现在与过去、令生活可堪承受的东西。

你是谁人的子孙？

对着雪白床头上的黑十字架。

"谁也不认识了。"马利亚说，泪水涌上眼眶，忽然掏出几张照片，在我面前挥了挥。"我和我妹妹，"她说，"你不认识她。那年冬天，我们俩在一块儿。我在公馆里当女佣，她在上缝纫课。我们都高兴坏了。"又若有所思地看着我，冲我眨眨眼。我说："我能看看吗？"而她困惑不解地看着我，诧异道："你是谁呀？"转眼间又忘了我的存在，神情愤愤，说："我那个妹妹索尔蒂斯，她从来都没来过。"泪水又涌上眼眶，那么孤独，那么落寞，同情涌上我的心头，虽然我很清楚妈妈前天才来过。而马利亚低头看着这些相片，一时又哭又笑，说："是啊，那年冬天——"

那年冬天——

两个年轻女孩，互相挽着手臂，一个笑着，浅色宽领衬衫，某种领带之类的东西，暗颜色，裙子也是，短发，卷卷的波浪，显然见过世面，调皮表情。另一个更加严肃，长袖方格长裙，看上去紧紧贴在身上，头发顺着面颊梳过，微微翘起，厚厚的辫子盘在颈上，侧着头，似在疑问。

脸庞那样年轻，那样快活，与枕头上的苍白脸颊，或是浓妆艳抹的衰老面具毫不相干，没有一丝相似。

另一张照片：漂亮姑娘们在城中散步。深色紧身大衣。马利亚戴着顶帽子，像是钟形帽，前面露出一缕头发，沿着面颊打着旋儿，鞋子上有皮带和搭扣。索尔蒂斯，身材更加结实，更年轻，没戴帽子，穿矮跟系带鞋。没有马利亚的优雅，却也出众，沿街漫步，挽着马利亚的手臂，笑着。

"我们姐妹俩啊。"马利亚说，低头看着照片，仔仔细细地端详，好像她不相信自己的话似的。抬眼看尼娜，眼中犹豫，疑惑，而霎眼间，尼娜看到，在这胡涂乱抹的面具后，有位年轻女子一闪而过。模糊的形象，一团影子，从歪斜的黛德丽拱下望着她，形象中的形象，来自生命这出喜剧，这出闹剧。

马利亚摇摇头，对时间的诡计、背叛茫然无措。而突然间又笑起来，高声说话。

"噢，你真应该瞧瞧我俩的衣服。"她笑，笑出泪来。"夫人把她不再穿的衣服给了我，我便改改裁裁，镶个边啦，加两个扣子啦，改个新领子啦，等等等等吧。不过等到迪莎来了——噢，你真应该瞧瞧迪莎的手艺，谁也比不上——她拿来裙子、大衣还有帽子，我一转身的工夫不到，一件漂亮衣服就做成啦，真漂亮。她照着夫人借给我们的杂志，给我做了一柜的衣服。迪莎呀，她的手真巧。"

索尔蒂斯和马利亚，挽着胳膊，欢声笑语，走在城中心的主街上，穿着夫人的旧装改成的衣服，那么优雅。嘻笑窃语，快活又欢喜，马利亚和索尔蒂斯，那么陌生，浑然认不出来，穿着早已死去的夫人的衣服。

"Très chic①！就是我。穿着迪莎的衣服。"

"是夫人的衣服。"我脱口而出，尼娜脱口而出，笑声戛然而止——又或许是哭声？我想收回我的话，我真希望我没说过这话，因为她盯着我看的模样，因为这张衰老的脸庞抽搐起来。而那张照片，索尔蒂斯，穿着夫人的旧衣，打扮成那副模样，那幅画面将这句话死死抑住、攫住。

而马利亚将尼娜带到悬崖边上，夜里与斯蒂凡一同坐在那里，而尼娜不再听下去，已听过太多遍苏艾娃和斯蒂凡的故事。可故事讲到一半，突然一个急转，尼娜的眼，清晰、尖锐。

"你根本就不知道那时候是什么样，你根本就想象不到那时候是什么样，战前战后的那些年，从乡下出来谋生，看到他们拥有的一切，再看看我们，还有——"像过去一样挥

---

① 法语，非常时髦。

093

舞双手，一对干瘪、枯黄的爪，被一条条蓝色点染，抓向空中。"满满几柜子的衣服，一整个房间的衣服，每一年出门她都会买新衣服，全是最新的款式——他们拥有的一切，再看看我们——"而马利亚沉默了，双手在空中攥了片刻。可转瞬间，她又进入另一个故事，开始讲起她在女装店买的那顶昂贵的帽子。那顶著名的帽子。

"第一眼看到它我就下定了决心。我一定要得到这顶帽子。我也得到了。你真应该瞧瞧她们脸上的表情。"她得意扬扬地说，咂巴着假牙，还在跟某些早已故去的富家小姐们竞争，这个乡下来的女孩、女仆，以为自己能以一顶精美的帽子为武器，战胜那些富家小姐。"你真应该看我出来的时候，她们脸上的表情！她们嫉妒得脸都绿喽！相信我吧。青绿青绿的！"笑了。重又拾起照片，端详，疲倦地把照片推给尼娜，合上眼睛，嘴里念叨着："必须，我必须离开！"

而尼娜没有听见，屏蔽掉纠缠的碎语。必须离开，没有听见，必须写作，阿德纳尔的眼，放光的城市，没有听见。知道什么存在，什么不存在，尼娜，律师夫人，履行看望年迈姨妈的义务。没有听见。盯着最上方的那张照片。索尔蒂斯的照片。独自坐在桌旁，显然有些措手不及，直视着照相机。

索尔蒂斯，还是那件方格紧身裙，直视着照相机，严肃，沉思，神情中仍似有犹豫，迟疑。

照片照得很好，比例恰当，女孩居中，她的形象很清晰，非常清晰。

他的名字是里克哈德，摄影师。朝气蓬勃的红发男孩，从前是海员，滔滔不绝地谈论着世上的不公，迷住索尔蒂斯。谈论着已在俄国发生的革命，而欧洲战场上，成百上千上万的青年日渐腐烂。他们的肉、他们的血与骨便是资本家的养分，将他们喂得肥硕，正如从前秽语滋养魔鬼一般。再也不要战争，他说，不要无辜者流血。而当马利亚问起布尔什维克对无辜者的杀戮时，便听不见她。谈论着自由、平等、友爱，谈论着教育与女性解放，谈论着罪恶、懦弱、愚昧，应当予以抵制，此地，彼地，各地，永远。但最重要的仍是资本主义。必须抵制。必须斗争。斗争到底。他激情闪耀，马利亚笑，而索尔蒂斯已然忘我，瞠目结舌，入迷地听着。觉得他说的完全正确。知道他们需要组织，他们需要教育，诚如他所言，他们需要一切。似乎并未注意到，激动之处，他时而会攥紧她的手，知道那是不经意的举动，因为他总是立刻又松开。虽然他的眼中时而炽热无比，而那仅仅是话题所致。与其他一切都无关。无论马利亚怎么说。

她得记着，一会儿回家要给男友写信。她有好多事要同他说，那个在海湾中的另一座农场上等待着她的小伙子。他叫欧拉弗尔，那个等待着她、每次出海都给她写信的小伙子——缄默，寡言，从未在国外生活过，从未发表过革命演说。却也藏着热焰，心底、背后。她知道。明年秋天他们就要结婚、一起生活。那也是她想要的。

可真是奇怪，等她坐下来时，却好像没什么话好说似的，虽然总有事情在发生，她想告诉他的事情。词语不肯出现，似老马一般倔强、执拗，而信也变得干瘪、单调，全然不是她想诉说的内容。

"里克哈德，"马利亚说，声音异常冰冷，"他混得挺不错。踩上工人阶级的后背，耍嘴皮子耍到最高层去了。

其实我总跟索尔蒂斯说——"

可索尔蒂斯不听马利亚的话。马利亚，总说，跟我一起到国外去吧，这里没有前途，我们在这儿是没法有出息的，总是劝她再多留一阵子。还要把裙子做完呢，周末有个舞会，那出剧就要开演了，你可千万不能错过啊，别那么急着回家呀迪莎，求你了。星期六公馆要办场宴会，招待上我缺一个人手，他们付钱很多的，不得不这么说呀——求你了迪莎——

而索尔蒂斯弄不懂这将她牢牢攫住的犹豫，因为缝纫课已经结束，她早就应当回家去了，总是明了自己想要什么的她。她当然要回家去。她答应过的。她的男友，他还在等着她呢。而她总给自己找些开脱的理由，知道那都是托词，是借口，却还是情不自禁。大概下周或大下周就回去了。或许在想，要等马利亚一起回家呢。胸中异样沉重，却还是情不自禁。匆匆去寄信。

里克哈德看着她，马利亚看着她，胸中某种异样的悸颤令她迷乱，温暖、疼痛、美好，一并生出，推拉缠绕，搅乱一切。最好她能尽快回家去，虽然事已至此，更理智的选择是待在公馆、侍候宴会。她已用了太多钱，虽然课程结束后，她便寄宿在马利亚那儿，基本免了住宿膳食的花费，可还是——决定明天便去订票。她要回家去。

"领事公馆，"马利亚说，目光邈远。"我在那儿待了快四年。"那是城里最豪华的房子，已故的领事和他的夫人便是最让人艳羡的夫妇。虽然他比她大了二十来岁。"真的很迷人，"她说，"他真的很迷人。"

又潜入某个老故事里，一件不大光彩的事，当然是关于领事的，或者银行经理，爱谁谁吧。混乱的故事，一切都纠成一团，一个死去的女人，领事，还有当时的流言蜚语。

而尼娜，律师夫人，瞥了一眼似乎已静止不动的手表。对古老的故事失了兴趣，只想离开。摆脱死亡、衰老的酸涩空气，摆脱藏匿在香奈儿五号的浓郁腐臭下面的东西。

"不关我的事。"马利亚说，死死抓着尼娜的手臂。"那是我来之前的事，不关我的事！再说我也不是什么清教徒。不像有些人！"

尼娜嘟囔出几句抚慰的话，而马利亚继续喋喋不休地谈论着有些人，觉得自己有充分的理由义愤填膺。还有城里的那群婆娘，不管嘴上怎么说，她们全都为这位早已亡故多时的美男子倾倒不已。他只消瞧她们一眼就够了。谈起这些城中女人时，恶毒的光芒令马利亚的一对老眼青春焕发，她们觉得自己为着这个美男子以及与他有关的一切而受了极大的冒犯，可要是有机会的话，她们全都会跟年轻的夫人做出同样的选择。

"都是虚伪，都是嫉妒！"马利亚说，将尼娜的胳膊抓得更紧。

"当然，当然。"尼娜说。"好啦，现在我得……"

"领事公馆。"马利亚又说道，声音更尖锐了些。"其实我不是女佣，我是那儿的管家。"

将尼娜扣得更紧些。拒不松开。开始说起领事夫人，她那么年轻，还是个孩子，只比我大几岁。娇生惯养的孩子，什么活也不会做，或许还未意识到，当她从上一任夫人那里接过这个男人时，她究竟要面对些什么。可怜的前夫人死了，消失了，谁知道她干了些什么，而她一下子多了个鳏夫，还有四个孩子。一个鳏夫和四个孩子，其中两个已经成年，有一个还跟她自己一般大。不，她之前一定没料到这些。

尼娜试着脱身，可马利亚强壮得不可思议，拒不松开，嘴唇绷起，似是蔑笑形状，继续讲着这位夫人，她得到了她想要的东西，又或许没有得到她想要的东西，什么事也处理不来。在公馆里迷离飘荡。身着白衣，坐在她搬进这个家里的大钢琴旁，或阅读，或刺绣。为料理家务、照看孩子而头痛欲裂，乐不得把家务都交给我。

"管家。"马利亚重复道，笑，松开尼娜的手臂。"我从来不用这个头衔。"

突然之间，又开始跟尼娜讲起那个老掉牙的罗曼故事，聪明的女佣和家中的儿子，领事之子和灰姑娘，愚蠢的女人们做个不休的白日梦。而刚要站起身来的尼娜又一屁股坐进椅子里，不敢相信自己的耳朵。不知怎的，一想到马利亚出演那么一个角色就难受得紧。因为不论如何，生活绝不会是一部糟糕成那样的罗曼小说、一个可悲成那样的玩笑。不经意间便已打断道。

"村姑和王子？马利亚？"她讥讽道，脸上写满厌恶。"你是认真的吗，马利亚！"

而马利亚看着她，沉默，又开口："是的。"体谅的声音。不再是畸形的滑稽画，而是马利亚，尼娜从前认识的那个马利亚。

而尼娜红了脸，忽然间记起自己在一场笑话里扮演过的角色，许多次里的一次：怔怔地站着，手里拿着一件衬衫，将金色的长发缠绕在手指上，凝视领子上的口红印，半边嘴，被白色衣领割开。看着床上鼾声起伏的阿德纳尔，将金色的长发缠绕在手指上，紧咬嘴唇，直到渗出血来。

忽然间成了笑话里的人物。痛得不可思议。

而马利亚望着她，微笑，点点头，又继续讲下去——单调的声音，冰冷，阴暗，冰封草间的低语。

书房里，为人们倒咖啡和白兰地。包着皮革的棕色家具，玻璃门书柜，雕花大写字桌。黯淡的灯光，雪茄香气，有人在大声朗读一封信，伴着震耳欲聋的狂笑。信件来自边远地区一位新上任的官员，内容是那个地方最漂亮的女人。接下来是一段列举，时隔这么些年，马利亚还能一词不差地背出来：商人之女、牧师之女、医生之女，大族女儿们，人人有份。男人们笑得前仰后合，尤其是站在窗边的年轻人。马利亚继续讲着，而声音生硬起来：现在就这些女人可选，你们也听得出来，的确没有多少选择，因为女仆是这里的majoritet①，丰满、红润，却还同以前一样乐意献身，真是谢天谢地。其中一个男人说：没错，女仆，她们拯救过不少男人哩。笑声轰降在她身上，窗边男子——家中之子的笑声，锋利刺人。她来不及闪躲，一个男人的手便拍上来，顺着屁股摸下去，摸到大腿，狠狠向上捏了一把。而她动弹不得，僵在那儿，笑声鼎沸，咆哮的笑面，禽兽的眼睛，环绕四周，窗边的脸，于笑流中僵住。而主人的脸，气得通红，推开人们，说：马利亚小姐，让我来吧。小心将托盘从她冰冷的手里取出，陪她一起走到门口，开门，引她出去。

马利亚小姐，女仆，女佣。不是管家，从来都不是管家，不用那个头衔。

当晚决定离开，从这里离开，再不要回来。而当他到来，晚些时候，窗边的男子，说，原谅我，原谅我吧，她便照

---

① 丹麦语，大多数。

他说的做了，原谅了他。而当他想要拥抱她时，她却闪躲开来。他不能碰她。她只晓得这一点。而她原谅了他。因为他实在可怜。因为他已不复存在。同情他，本希望去抚摸他的脸颊，因为他的眼中盈满悲伤。像个小孩子。而手上灌了铅，拒不移动。无法去抚摸他。去触碰。因为他已不复存在。

只在午夜，于索尔蒂斯耳畔低语，一语带过。只是一语带过。没说出全部。对谁也不能说。而昏夜中，索尔蒂斯用一对清澈而年轻的眼凝视着她，不懂马利亚为何不辞工，为何不揍一顿这个混蛋，找不到足够粗鄙的词语来形容马利亚爱上的这个懦夫、这个人渣、这个败类——家中之子。希望马利亚立刻辞职，即便事情已过去两年，如今他亦出国在外。希望她们一起离开。

索尔蒂斯，怀着神圣的愤怒，让马利亚不禁笑出声来，仿佛一直凝于胸中的哑言痛楚已然消失，至少不似从前那般疼痛。

妹妹的愤怒自然是好的，即便其中的责备再明显不过，责备她缺乏傲骨，缺少自尊，因为即便索尔蒂斯嘴上不说，马利亚也十分清楚，她对这个家、这位夫人、这位主人作何评价。知道索尔蒂斯不会接受她的解释：这么好的人家可不是遍地都有的，她在这儿的薪水是其他地方不能比的，她需要钱。索尔蒂斯不会接受这种理由。马利亚很清楚。不知不觉间，她趴在枕头上哭了起来，从来也不哭的她。感觉到索尔蒂斯搂住自己，说，好啦马雅，好啦好啦，都过去了，好马雅，别哭啦。

马利亚小姐。女佣。女仆。头脑里的诡谲画面，似难熬的剧痛一般寻向每一根指尖，向往生命、索要生命——

必须离开，哭啊哭啊，仿佛心都要碎了。必须离开，紧紧抱着索尔蒂斯；索尔蒂斯，轻抚着她的头发，说着，好啦好啦，好马雅，别哭啦——说着，你怎么可以那样，那样是不对的，而热汗涔涔的肉体、摸索探寻的手掌、晦暗隐秘的满足，这一切，烧毁那一幅幅追索生命的画面，让生命复归简单，而她浑然不识——说着，你应当离开呀，深深刺进肉里，而诡谲画面的侵袭纷扰，意识深处的角力对抗，她浑然不识。

马利亚小姐。女仆。索尔蒂斯的姐姐。

一声尖啸划破沉寂，淹没远处传来的幽微啜泣。爆裂的轰鸣。我冲到窗边。底下街道上，三个黑衣生物，驱动摩托，声音愈来愈高，黑色的畸形生物，人与摩托融为一体。Hell's Angels，降临至此，地狱天使①。周围人家亮起了灯，而他们奔驰而去，一条浓黑的烟柱。随着烟柱逸去，震耳欲聋的轰鸣也渐渐淡出。

我深吸一口气。天空灰沉。窗玻璃上的雨点。天空中无有光亮，地面上无有火焰，无有蘑菇状的火舌升入天空。无有恐怖。唯在云堤之间，隐约见得一弯旧月——大地，夜晚，未眠人们的友伴。

我在房间里来来回回、回回来来地徘徊踟蹰——这间房间，那么逼仄，压迫着我，而不论我站在哪里，正中心，这张床。这张床，还有她，我的母亲，索尔蒂斯。

那样是不对的，她说，而马利亚哭泣着。知晓何为正

---

① 地狱天使（Hell's Angels）是一国际摩托车帮会的名称，会员多骑哈雷摩托车。该帮会被多国警察与情报部门认定为违法犯罪组织。

确、何为错误，索尔蒂斯，与她的母亲卡特琳一样，一切都一清二楚，知晓她的所在所处。那样是不对的，她说，听着尼娜的蔑笑，听着一个个宏大的字眼——无意义，虚无，上帝之死，无目的的偶然——丝毫也不动摇。

索尔蒂斯，相信古老的美德，说，诚实忠厚是会有好报的，不顾所有事实。说，你要用好你所得的才干[①]，你便是为此才活在这世上，你要像有教养的人那般约束自己，不可伤害他人，不可作恶，不可觊觎他人，要自力更生——说，此外的一切都是不对的。似乎相信某种法则，某种一次性便将世界完美组织起来的宇宙力量。

而尼娜嗤笑道："你这是盲目！"而索尔蒂斯只是微笑，走过尼娜身边时，抚了下她的脸颊。

行走世上，索尔蒂斯，知晓何为正确、何为错误。将自己的准绳传递给孩子们，让他们也用那一套标准来度量自己的生命。说，那样是不对的，你真应该惭愧才是，真想不到你竟会做出这种事，然后给罪犯倒上一杯咖啡，或是递一块毛巾，说：给你，擦擦脸。

你的母亲，她是个天使，那些成日来敲门的穷人们、醉鬼们说道，对尼娜说道——喝完了热腾腾的咖啡，肚子也给填饱了些许，还聆听了一场道德教导，那么便可以去再喝个烂醉。

今天早上，其中一个便在大门口等待。一团破布，向

---

① 见《马太福音》25：15–17："按着各人的才干，给他们银子：一个给了五千，一个给了二千，一个给了一千，就往外国去了。那领五千的，随即拿去做买卖，另外赚了五千。那领二千的，也照样另赚了二千。但那领一千的，去掘开地，把主人的银子埋藏了。"

我扑来，眼睛浸淫在泪水与酒精之中。扯着我的手臂，周围的人们盯着热闹，她哀号道："她要死了吗，她要死了吗？"我试着甩开她，可她好像一张不干胶，死死黏在大衣袖子上，肮脏，恶臭，眼眶瘀青，额头负伤，我一下子想起了这人是谁：破钱包。家里的常客之一。我一把将她推开，快步离开。跑开。听见她在门阶上哀号："我该怎么办啊？"

那轰鸣再次奔来，尖啸。填充满这间房间，而那喧嚣咆哮中的迷狂将我一并掳去。淹没咄咄逼人的沉寂与低泣。一切都盈满喧阗，一切都盈满生命。摩托雷动，升腾，对准教堂——于灰蒙雨水中亮起的黝黑巨石。升腾，直立，一次，又一次，萨提①，现代的萨提，声声咆哮恐怖，撩人——

而后便陡然消失。与来时一般突兀。又留我孤身一人。在沉寂中。

"你为什么要让他们进来？"女孩尼娜说，快要哭出声来。刚刚带着同学苏莎来家里玩，第一次带来家里。破钱包就在厨房里闹上了，哭啊号啊，客厅里都听得见。尼娜又羞又恼，简直不想活了。

"因为她很可怜。"索尔蒂斯说。

"是，可她是个破鞋！不光是酒鬼，还是个破鞋！"

而索尔蒂斯一把抓住尼娜的肩，摇了摇她，说："别再让我听见你说出这种字眼。听到没有。"

"你还记得古德略格吗？"很久很久以后，她同尼娜说道，而尼娜漫不经心地答了一句，全神贯注在跟古德永离婚、分财产的事情上："哪个古德略格？""你管人家叫钱包。"索尔蒂斯说。而尼娜心不在焉地说："破钱包？噢，她

---

① 萨提（satýr）是希腊神话中半人半兽的生物，好饮酒，淫荡、贪婪。

啊。她怎么了？"疑惑地看着索尔蒂斯，而索尔蒂斯没有答话。而尼娜感到自己的脸渐渐绷紧，厉声道："你是在拿我跟她相比吗？就算我要离婚，要从我的婚姻中拿走属于我的部分，你就拿我跟一个妓女、一个破鞋相比吗？"而索尔蒂斯说："那也叫婚姻？"

没有一分怜悯，一丝一毫也不退让，我的母亲，索尔蒂斯，躺在这张床里的女人。而我在等待，等着她站起身来，质问我破钱包的事，我为什么要把她推开，为什么不把她带进来，给她一杯热腾腾的咖啡。而她一动也不动，只静静躺着，静止。再也不会开口，再也不会说：那样是不对的。

我来来回回，在房间中徘徊，已然忘记了，我不相信什么对与错，知道那没有任何意义。来来回回，在这昏绿的光芒中徘徊，盯着灼亮的花朵，小苍兰，想着，埃里克会不会也在家里碰见过破钱包呢，他这位贵胄，他又作何反应了呢。听到远处传来哀哭，有人喃喃安慰着，好啦好啦，好啦好啦；看着照片上的年轻女孩，冲我微笑，而床上的她，索尔蒂斯，我的母亲，一具灰白的肉身，死气沉沉。教我无法靠近。

那轰鸣又一次袭来，旋风，卷起一切。萨提的音乐，地狱天使，渐强，声音愈来愈高——意识深处的音乐，将我卷挟而起，我的口鼻充满潮湿沥青的气息，喧闹、鼓噪、夜生活的气息。粗粝的气息。城市的气息。淹没腐朽、衰老与死亡的恶臭。

"你的准绳呵！"我对着这张床喊道，声音横穿房间，炸药爆开，旋风。

登时又传来警报声，混入喧噪之中。有人报了警。对这噪音忍无可忍，地狱天使的旋舞，一圈接着一圈——萨提的音乐。

警报呼啸。昭示事故、死亡、法律、审判——

而我又在房间里徘徊起来，来来回回，回回来来——无论我站在哪里，这张床始终在正中央，门阶上，一团哀号的破布，远处，连绵的低哭，口中，苦涩的滋味，来自——来自什么呢？

那样是不对的，索尔蒂斯说，说教家说。而马利亚哭泣着——

索尔蒂斯，漫步城中，盈溢着喧嚣、欢笑、呼喊、鼓噪的城市。鼻孔里，鱼与内脏、海藻与柏油、海洋与山川的气息，却也有其他东西的气息，那些叫她迷惘、困惑的东西。漫步城中，索尔蒂斯，哪怕家中的人们正等着她、盼着她，还是答应下来，再多留一阵。理智不再。

坐在马利亚身边，喃喃安慰着，虽然她无论如何也不明白，马利亚怎么能束手就擒，怎么还继续留在这里，知道那样是不对的。感到愤恨在胸中汹涌，恨马利亚始终都在维护的这些人，恨这座城市——好似坠在山脚的一只肿瘤，包藏着诱惑与迷惘，倒映在无波无澜的海面中；唤起迷梦的幻景，勾起无尽荒唐，唯在清晨现出真实面目，现出肮脏与堕落。决意坐第一班邮船回家去。不愿在此多停一刻。

可不知不觉便答应下来，会留下来，再多留一阵子。听见自己如是说，不敢相信自己的耳朵。甚至还答应下来，要是马利亚不哭了，就帮她招待宴会，尽管她殷殷所盼，唯有离开——离开这栋诱骗了马利亚，改变了马利亚，将她变得面目全非的房子。她不懂这栋房子有何魅力，索尔蒂斯，不懂马利亚对那围墙里的世界的憧憬，不懂她对另一个世界的渴望，她们已有了一个世界，为何还要再寻一个。

来吧，她说，来吧迪莎——而在无人能够抵达的心房深处，有些东西便开始微微颤动，搅乱一切，即便她知道，索尔蒂斯，那是一个骗局，是一个现实当中无从安身的梦。来吧，她说，顽皮戏言，实则严肃，其辞郑重，而心弦便颤动起来。马利亚，相信一切皆有可能，一切皆会发生。也相信，她必能在这栋房子的世界里占据一席之地。

不愿懂得，那不是她们的家。永远也不会是她们的家。不懂海湾里的小村舍与城中的领事之家区别在何，相信一切皆会发生，一切皆有可能。甚至村姑也能变成公主。通过某种方式。只要她离开。而不晓得，村舍会继续追随，永远也成不了城中的领事之家。

马利亚，将主人这点微乎其微的丰仪无限放大。似乎她所受的耻辱也随之轻减了。不值一提了。所谓丰仪：主人保护自己的仆从。可她不这么看，马利亚。今后那个混蛋还会被邀请来公馆聚会，她也无视。觉得那有什么大不了。而拒不谈及他——家中之子，领事之子。只是死死抓着她，哭啊哭啊，好像心都要碎了。

想着马利亚的眼泪，想着这栋房子、这座城市，索尔蒂斯紧咬牙关，加紧脚步，趟过街上的肮脏雪泥。

索尔蒂斯，已答应下来，在这栋房子里招待宴会，与她的计划完全相反。屈服于马利亚的眼睛，要去服侍这些上流人士——伴着宴饮声，于厅堂间流转，置身长毛绒、织锦缎与沉重的暗色家具之间。笑脸迎问：您要再来一些吗。而瓷器、银具、水晶在一旁放光，还有客人们易碎而危险的微笑。

从前做过一次，便发誓那是最后一次。还是答应下来，马利亚不肯放手——注视着她，说，答应我迪莎，求你了迪莎。索尔蒂斯大步流星地走着，雪泥溅上她的脚踝，灰黑的脏雪。就连这里的融雪也与家里不同。这里的一切都与家里不同。就连马利亚也是。

快到医院时，她放缓步子，向窗里望去，并未进去。因为没了理由。他已经给送回家去了，之前住在医院里的那个人，哈尔多尔。春天时候，他摔下悬崖，外地来的捕蛋人，来自某片遥远海湾，与悬崖激烈搏斗，却还是被利爪擒住。悬崖苍灰的爪，将他捏个粉碎。

她一直坐在他的床侧，索尔蒂斯，握住他的手，虽然她与他素昧平生，只是听人说起过他。自从她来到这里，便每日都去他床边坐上片刻，也不言语，感受他的目光投在自己身上，僵死、空洞，而她仍继续坐着。

继续坐着。每一日。片刻时候。自打她下了船，偶然听到这里的医生和与她同行的家乡牧师说话。

这家伙身上，也不知道宿着什么魂儿，医生说，明明已经给他包扎上了。可意识就是回不来。大小便也失了禁。牧师答：好老兄，北边的人全都这样哟。神清气爽，比一路上他扶着船舷呕吐的时候精神多了，双脚又踏上了坚实的地面。

同乡们下船时向她投来眼神，嘴角挂上窃笑，也不拿这些大人物当回事，唯有一个人拍腿大笑，蹭到牧师身旁，笑得前仰后合。而医生睥睨过去，一言不发地打量着他，然后开口道：嘲笑一个病入膏肓的人！人家还真没冤枉你们！

立在寒霜中，眼见人们匆匆离去，昂首阔步的人，还有码头上的这些人，低垂着头，嘴里泛出苦涩。而当天晚些时候，便坐在床边，听着牧师在门外走廊里开怀大笑：好医生，我跟您说，他好多啦，真的好多啦——伴着笑声的轰鸣，凝视这双僵死的眼眸。

"你天天去那儿干什么呀？"马利亚埋怨道。"他都不省人事啦。"

可索尔蒂斯不答。她解释不了，只知道她必须去。那是她的抵抗，对笑声的回应，对抗码头上的一幕，那是这座城市留给她的印记。

可马利亚笑了，啧啧，觉得码头上那些冷嘲热讽没什么好大惊小怪的，觉得那些话有趣得很，不懂索尔蒂斯恼些什么。"一个笑话而已，"她说，"玩笑。"无可奈何于自己的妹妹这般缺乏幽默。又加上一句，若有所思地瞧着她："你自己也总会冒出些挖苦人的话呀迪莎，就跟北边那些人一样。"

那些人，她说，将自己与索尔蒂斯、与小海湾、与那里的人们隔离开来，他们成了**北边那些人**，而索尔蒂斯转开眼去。想提醒她，挖苦也有原则，一定不移的原则，不可讥刺弱者，那些陷于绝境的人。这是父亲教给她们的。

而马利亚嗤之以鼻，说，算了吧，得了吧，我的好迪莎。说，你我又不是不知道，爸爸从来就爱听讥诮话，不管那话有多下流。至于妈妈呢，爸爸每次喝多的时候——眉头阴沉起来。而索尔蒂斯抬起手。止住马利亚的话。阻拦住母亲的面孔。阻拦住痛苦。不要谈论父亲喝酒的事情。不得谈论，永远不能———一片禁区，一个令人费解的残酷话题，浸淫危及一切的可怖苦痛。

而马利亚又笑起来，轻巧地踏过禁区，打破所有原则，快活地笑，想起索尔蒂斯那时在宴会上招待医生的事。说，你还记得吗，嘻笑个不停，你还记得吗——

索尔蒂斯，那么紧张，从未在上流人家里侍候过。害怕她会浑忘了马利亚的种种教导——菜品一定要从客人左边送上，注意一定不能伏在客人身上，注意这个，还有那个，之前从未料想到，在上流人家里，吃饭竟是如此复杂的仪式。女侍索尔蒂斯，小心翼翼地将走私来的波特葡萄酒倒入医生的杯中，医生抬起头，说："我认得您。每日来看哈尔多尔的那个人便是您。"

而她没有应声。继续往杯里倒酒。从左边。

"或许您是他的亲戚？"他问得亲切，忘了码头上的寒霜与鲁莽笑声，忘了尖刻的玩笑，对痛苦与死亡的挑弄。

而她仍不作声。一手端着土豆，站在他的背后，壮实的村姑，身着盛装，笨拙而陌生，身旁环绕着佳肴层叠的宴桌、葡萄酒与香水芬芳，同那里格格不入。

而她的沉默妨碍不到他，未听见她，只问："您觉得他怎么样？"

声含关切，忧虑，却感动不了她——低垂着头，站在码头上，嘴里泛起苦涩滋味，挺起身子，止不住嘴里的话，也没想止住。

"说实话，比您强多了。"

他的手僵住了。酒杯在空中静止。宴桌边上，死寂。然后他转过身来，直视她，片刻。看清了她，索尔蒂斯。又转向宴桌，爆出一阵狂笑。

说："你们听见没有！"而索尔蒂斯在等待夫人站起身来，叫她离开，将她赶出去。可什么也没发生。沉默延展，似乎永无尽头。接着又是医生的声音："我估计到时候她是不会投我一票喽。我总说什么来着，让女人参加选举就是瞎胡闹嘛。"

所有人都笑了，笑得前仰后合，脸也红了，在昏暗的光下闪闪发亮，赤裸、歪扭的脸，张大了嘴，冲着暗色的墙壁与厚重的天鹅绒窗帘。她又进到厨房。马利亚跟在后面，脸色苍白，说，你真是疯了！而她毫不在乎。一点也不在乎。马利亚说得没错，她真失礼，马利亚的话全都没错，而她只觉得舒服多了，紧张不再，觉得畅快多了。

索尔蒂斯，站在街道上，向窗里张望，舔着唇上的雪花。想着冰冷的手与空洞的眼，还有公馆之宴。想着那位医生，一次她看到，他对着一个孩童的尸身哽咽——未能救活那孩子。如今每每相见，他便会同她打招呼。摘下帽子，冲她点头致意，似乎某些东西已然改变，某些东西复归平等。她又踱步而去，嘴里泛着苦涩，而那鲁莽笑声，这城市、这公馆的笑声响彻耳中，令她怒不可遏。就像马利亚的故事。

闭口沉默，开口言语，皆有其时，父亲的声音，洪亮、深邃，于清晨空气间颤动。声有责备、不满，对女儿的粗鲁。或许眼中仍有笑意？而一种渴望猛然间向她袭来。海湾，那里翘盼着她的人们，她的父亲，强壮、率真。绝不会容忍马利亚所遭受的那种行为，会将在自己家中放肆的不敬之徒立即轰走。她的父亲。她将马利亚暗示的故事统统推开，知道那些故事定是虚假：她的保姆埃琳，他，她的母亲，不是真的。绝不会是真的。就算是真的，又有何所谓呢。

索尔蒂斯深深呼吸。口鼻间溢满这座城市的气息。加紧脚步，走下主街。被遣去取桌布，紧致的雪白织缎桌布，将要铺在今晚的宴桌之上。去往城市边缘的一间窝棚，各个年龄的孩子熙熙攘攘地挤在屋里。似澎湃的潮波一般在地下室里翻涌，一个个形销骨立，面颊陷落，患着佝偻病，黄绿鼻涕垂流而下。而那妇人怀了孕，衣不遮体。

"要说熨烫桌布，谁也比不上索尔盖德呀。"马利亚用夫人的声音说道，遣她出发。

而索尔蒂斯咬紧牙。疾蹚着融雪，泥斑四溅。恼这城市，恼这房子，恼马利亚。对一切愤怒不已。思绪深处，拒不承认为何去往索尔盖德窝棚的道路竟变得这般曲折。更不必说，自己的眼眸为何寻寻觅觅飞向四处，一刻不停地旋舞。而若是瞧见一个红头发、宽肩膀的人影，心脏便抽搐起来。那对闪着理想与欢乐，时而还无比炽热的眼眸，长驱直入地燎进那无人能抵达的心房深处，某些东西便震颤起来，某些绝不应该震颤的东西。不去思索那对眼眸。不去思索诸如此类的种种，索尔蒂斯。只是愤怒。

怒冲向前。避开那注视着她的眼眸。那开启绝路的眼眸——被梦与幻所渲染的险途，迷离现实，教人夜不成眠。

每晚都是那同一个梦。总是同一个梦。夜复一夜的梦魇。血染的原野，无边无垠，分崩离析的大地，为腐烂尸身所覆。其上一只利爪，撕裂腐肉，一堆堆残碎的黑红尸肉，而笑声隆隆。悬崖外，渊昧中升起一只灰黑异形，伸出巨爪，一如畴昔。血染海洋，大地滴血，异兽喷吐火舌，一道惊雷，劈中悬崖，而她与她的少年站在崖上，死死相拥，大地被惊雷摇撼，旋转，旋转，复旋转——

在丹麦面包房边撞上一个女人。险些摔倒，而女人厉声道："这位姑娘，您就不能看着点路么……"戛然沉默。眼前现出一只手笼，高高的毛皮领，暗深颜色，竖在搽了厚粉的脸上。索尔蒂斯认得的一张脸，虽然她只见过一次——便是那次宴会后，黎明将至的时分，她和马利亚在深红天鹅绒窗帘后的角落里发现的烂醉女人。裙子高提到大腿上，像潮湿鱼干一样的浓郁气味，教索尔蒂斯恶心，嘴里咕哝着——姑娘们，姑娘们，你们不懂，不懂——泪，在她们竭力给她穿上粉色丝绸内裤时，包在黑袜里的结实双脚上下左右地乱晃。

　　索尔蒂斯朗笑起来。目送这位女士慌忙离开，放声笑着。笑啊笑啊，听得出来，这便是城市的那种笑声，却停不下来。看到女人垂下肩膀，片刻，正如她自己在码头时垂首站立一般。她仍笑着。直到有人抓了抓她的大衣，一个咬着舌头的嘶嘶声音："你在笑森么呢索尔蒂斯，跟我梭梭，我也想笑笑。"低头一看，是索尔盖德的儿子小劳鲁斯，苍白的脸都冻透了，仍旧拖着长长的鼻涕，笑声自然而然地停止。她拿出手帕，擦擦他的鼻子，微一叹息，说："我没笑，小拉里①。"静静站了片刻，顾盼道路两侧，好像她在寻找什么，又转向劳鲁斯。脱下自己的手套，套在冻得红肿的小手上，牵着他回到索尔盖德家里。渔夫的寡妇，可不知怎的每一年都会生个孩子。回到那间粗陋的地下室里——每逢风暴便有海水灌入，而在这里浆洗、拉抻、熨烫的桌布，城中哪里都比不上。今日晚宴需要的雪白桌布。

　　万籁俱寂。萨提的音乐，警报声，遥远的笑，都停寂了。静谧。与昏绿的光芒缠绕一起，还有床上传来的几不可闻的呼吸。

---

　　① 拉里（Lalli）是劳鲁斯（Lárus）的昵称。

悬崖之梦。这梦我觉得自己也做过。同阿德纳尔与海尔吉一起，站在悬崖的最外缘。头顶是战斗机的轰鸣，一圈又一圈地盘旋，颤抖的大地，而我们站在崖边。不过那是不可能的。我从没上过悬崖。又或者，我上去过？在恐惧将她攫住之前，在岩石变得真实可感、黝黑岩柱现出恐怖之前，尼娜登上峭壁边缘了么？坠落。在尼娜让阿德纳尔为自己套上绳索，像拖拉动物一般将她拖走之前。将她拖离崖巅，拖离危险——被迫承认自己的恐惧，承认自己面对群山时的渺小。吞下自己的骄傲，跟在阿德纳尔身后，尼娜，伴着震耳欲聋的哄笑——阿德纳尔，当他在床上鼾睡的当儿，她将金色的长发绕在指尖，出神地盯着被白色衣领切开的半张嘴，殷红。

不，我从没去过。可我还是真真切切地记得，我就站在那里，我们都站在那里，海尔吉的嚷叫穿过战机轰鸣："雅各布就是那儿坠崖的。还有哈尔多尔。"而尼娜在他们二人的脸上瞧见了恐惧，却也有骇人的渴望、欲望。

不，从前她同我讲过一次这个梦，索尔蒂斯，我的母亲。大地涌出鲜血，一切生灵、怪兽从海洋中升起，悬崖边上的他们，多么恐惧。这梦总不时袭来。她称之为死亡之梦。

可我记得那么真切。阿德纳尔与海尔吉的脸，凝视着悬崖之底，因这危险，陶醉，入迷。而尼娜，已被遗忘，交替看着他们二人，战机尖啸着劈开空气，一圈复一圈，她瘫倒在崖边草丛里，抓一捧草叶，在大地激颤之时死死攥住。

索尔蒂斯的梦。不是我的。侵扰着她。在睡梦中苦叫，非人的哀叫，不属于这个现实。仿佛这哀叫里凝着世界上的一切悲苦。尼娜捂住耳朵，轻轻叫醒她，想着：这便是悲伤罢，悲伤的本质、为爸爸而生的悲伤，凝在这不能承受的哀叫当中。有时也不得不放弃。无法忍受。捂着耳朵跑出去。爬上床，将被子盖过头顶。最为深切的悲伤。无法忍受它的语言。

阿德纳尔的脸，入迷，陶醉，又缓缓转向尼娜，慢动作画面，转向她，化出惨叫，写满痛苦，写满惊惧，伸出双臂，而草丘断裂，无声跌下黝黑石崖，在空中一圈圈地旋舞，砰地坠进幽邃海洋中，其下万丈。

尼娜时而留下，时而追随。

阿德纳尔的脸。他的神情。同后来尼娜靠在古德永怀中离开聚会之时如出一辙。不是讥笑，不是寻衅。是痛苦。

尼娜，决心挣脱，决意，抉择，同古德永一起离开。只看见漠然、讥讽、残酷。不愿见到其他。亦见不出其他。尼娜，坚定、快活，打开了通往四面八方的道路，不似索尔蒂斯。将这不受欢迎的礼物包好，苏艾娃的披巾，索尔蒂斯的礼物，笑。要去闯荡世界。去写作。所以不妨将这条旧披巾带走。并无所谓。抑住女孩的呜咽。在无人能够抵达的心房深处，等待着、哭泣着的那个女孩。

等待。早已浑忘了。那无休无止的等待，日复一日。忘了那个尼娜，只要有人敲门或来电，便激动颤抖的那个尼娜，苦苦等待的那个尼娜。直到苏莎出现，告诉她，他已经离开这座城市了。

尼娜，否定痛苦，否定爱情，否定坠落，否定悬崖的暗影、高草间的延绵呢喃——以为自己可以选择、拒绝，在世界背后的那个世界里亦能占得一席。愚蠢的尼娜。

沉在腐臭的泥潭里。

是海尔吉告诉我，他死了。阿德纳尔。摔下月台。被火车碾过。在这世上的某地。火车？他怎么会被火车碾过？太荒谬了。

海尔吉说：你们在一起生活了四年。来了一次又一次，拒不相信尼娜不准备跟他一起参加葬礼。将近五年呢，尼娜说。将近五年，他重复道，着魔一般地盯着尼娜，而尼娜说：那跟这事又有何干系？他的拳头砍在桌上，擦破了手侧，鲜血涌出。我的哥哥海尔吉，蔑视传统，蔑视小资产阶级思维，直到一辆火车将阿德纳尔裹挟而去，直到它从舞台上飞驰而过，领头的是那匹棕黄的马，背上的骑士吟着歌谣，你岂未看见，你岂未看见——他们盯着血液凝落桌上，黏稠殷红的血滴，尼娜说：我去拿创可贴。当她拿着创可贴回来时，他已经离开了。

这一切都那么荒谬，毫无意义的偶然。偶然与死亡——生命的组构。没有什么宇宙力量在操纵人们的每一步，将他从荷兰送去纽约，或是伦敦，或是他遭遇火车、跌落月台的地方。巧合。

或许是去参加某场无关紧要的联合展览的开幕式，又或许是去追某个女人，我怎么知道呢，或许只是突发奇想，撞上巧合，粉身碎骨了。

巧合。

这一切都是巧合。与我无关。一个我很久以前认识的男人。与我无关。这一切。不要言情戏剧。记不得他了，只会偶尔想起。

靠在墓园的矮墙上，草木气息那么浓郁，头顶的太阳，嘶嘶作响的普里默斯炉，指尖下的肌肤那么柔软，那么柔软——

"尼娜哟，真是罗曼蒂克极啦。"我听到背后传来埃里克的讥刺声音。"初恋、死亡、毕生的痛苦！唯独缺一项自杀，少年维特的主题哟！对于一部现代小说来讲，是不是有点太过分了，你说呢！"

"生活本就是过分的！"我尖声道，不由自主地用手臂遮住纸页。不想让埃里克瞪大眼睛窥探这些纸页，哪怕在思绪里也不行，不想听他对这些内容叽喳个不停。正想着索尔蒂斯幼稚的报复，马利亚受到的羞辱，想着许久以前，她们在长毛绒与沉重家具的环绕间体会到的耻辱。这里面没有一样能入埃里克的眼，而我将他赶走。无心投入文学思考。无心听他那些关于战后年代的情感泛滥与便秘文学的冗长独白。不舒服。

"过分的。"我重复道，已不知我究竟所指为何。这间房间、这张床、这些碎片、枝桠、环绕着我的一切，不肯放手；曾以为它们皆有含义，古老的故事，蕴藏其中的内涵、传承——

我劝你别去碰这些东西。她说。马大，我的姐姐。

说得或许没错。唯此一次。最好别去打搅那些古老的故事。去处理酒店、汽水的项目。去构思几条匠心独运的广告。扩展一下那则关于幸福的民间传说。再一次。这我很擅长。还得到过两次奖项肯定，奖励原创性，originalítet，那首幸福之歌，幸福正等待着你，只要你——

我买下的一幅阿德纳尔的画：一根暗得发亮的气柱，填满整块画布，旋风，风暴中心是平静。挂在客厅最大的那面墙上。跟古德永离婚时，没有把画带走。粗粝的画布表面，一道旋风柱，幽深，危险，将人吞噬。而远方的这个点，中心，平静。

疲倦，疲倦得出奇。而这把椅子一直那么坚硬。床上传来的呼吸，听不见，唯有被子起伏，微弱。

索尔蒂斯，穿着方格紧身裙，直视照相机，神情犹豫，迟疑。索尔蒂斯，躺在这张床上的她，在街上朗笑，目送一个身着华服的女人离去，女人的外套上嵌着宽大的皮草衣领。去握一只塞在过大的织花手套里的小手，牵着男孩走开，去取桌布，今日晚宴需要的雪白桌布。

"其实她根本不必受那些苦的。"马利亚说。"我一直都知道，我知道。"狠狠地眨了几下眼。"我跟她说，她可以当个裁缝，只要她跟我一起走，别困在这个鸟不拉屎的地方。她可以去学缝纫裁衣，去做她想做的任何事，只要她跟我一起走。任何事——"血管突出的两只手紧紧捏住桌边。"要是当时她也一起走了，一切便都不同了。她也是犹豫过的。我知道。只要当时没有这个包裹，这封信——"

就放在客厅桌上。包裹。谁也不知道是谁带来的。"一个特粗鲁的农村人。"马利亚吐出一句，高挑黛德丽拱眉，在椅子里坐直。愤愤不平的贵妇，对乡下人鄙夷不屑。就放在客厅桌上，一个扁扁的包裹，精心打包过。外面写着给索尔蒂斯·奥德纳多蒂尔。

里面是一条披巾。包在棕黄色的柔软包装纸里。闻起来有黄花茅和某种异域香水的气息，颜色已渐消褪。却仍然很清晰，比马利亚房间中的任何东西都要清晰。平放在床上。闪耀、灼亮。

"一看到这个，我便明白了。"马利亚用爪一般的手摸了把脸——一副胡涂乱抹的面具。一滴泪落下脸颊，在厚厚粉上刻了一道条痕。"明白那只是个梦罢了。"

披巾。卡特琳的一个梦。

梦到苏艾娃。

一晚，苏艾娃出现在卡特琳的梦里。叫她立即寄走披巾。寄给索尔蒂斯。披巾归她所有。她合该得到它。

"可是马利亚——"卡特琳期艾道，"应该得到披巾的人是她呀。我一直打算把披巾留给她的。在她离开的时候——"梦里，她没办法将这句话说完，清醒的时候可以，梦里不行。太痛苦了。

而苏艾娃毫不动摇。

披巾必须寄给索尔蒂斯。立刻。近来天气太差了，旅行班次太稀疏了，只有邮船。可邮船不到这里，她总不能带着一条披巾就跑到埃里①去，就算是这条披巾也不行啊，何况近来没有船次，船刚刚开走——一概不听。

"会有船的。"苏艾娃说，荡出一个微笑，青春焕发，脸颊微红，简直教卡特琳认不出来了。却仍然知道。那就是苏艾娃。坚定如前。

"把这个梦告诉她。"渐渐远去之时，她呼唤道。"记得把这个梦告诉她。还有哈尔多尔。"在她消失的刹那，她似乎听见她呼唤道。

哈尔多尔。

在母亲寄来的信里，索尔蒂斯读到了哈尔多尔的故事。哈尔多尔，在一个雪夜离家，便再未回来。第二日，人们在另一个海湾里找到了他。在悬崖边缘，便是他从前坠下的那座悬崖。开枪自杀了。哈尔多尔，已经给包扎上了，可身上却宿着条奇怪魂魄的哈尔多尔。一夜离开，再未

---

① 埃里（Eyri）是冰岛西峡湾地区的一处村落，20世纪中期已被废弃。

118

回来。死寂、空洞的眼眸盯着姊妹二人——并坐在床边，却互不触碰。

"之后她就走了。"马利亚说，声含呜咽。"走了，抛下我。拿走本该属于我的披巾，离开了。再也不在宴会上侍候了。"脸庞皱起，一副褶皱纵横的面具。"我妹妹索尔蒂斯，你不认识她。瞧瞧，这是我们俩的照片。我和索尔蒂斯。我们姐妹俩。那年冬天，我们俩在一块儿。我在公馆里当女佣，她在上缝纫课。我们都高兴——"

将桌上的照片都扫到尼娜的腿上，一时又哭又笑。然后站起来，困惑不解地看着我。说："你是谁呀？你有什么事？"又走开，嘴里嘟囔着，索尔蒂斯从没来过，从不来看她，总是把她一个人抛下。在门口转过身来，说："她怎么能把披巾给了她。应该得到披巾的人是我。不是她——"

夜

    床头桌上放着一只杯子。热气升腾。热腾腾的咖啡。就放在那儿，可我全然不知它怎么到这儿来的。

    是谁把它放在那儿的？

    是玛格列特么，动作笨拙、套着厚厚弹力袜、知道这一切并不简单的她么？**这一切**。无论**这一切**究竟是什么。

    还是埃尔萨，跑来门口、问着愚蠢问题、拒不相信灯泡会熄灭、坚定追随国人对咖啡的信仰的那个女孩？

    还是说，这是破钱包的咖啡？

    难道是我母亲起了床，取来的这热腾腾的咖啡么？她想让我递给破钱包的咖啡？

    破钱包，在门阶上号啕，裹在肮脏破布里，蛇一样地扭动，她的气味，教人恶心，呕吐物、酒精、陈年汗渍、秽物、血。

    我坐进捷豹车里，暗蓝颜色，熠熠发光，钢铁、皮革、香水、香烟的幽微芬芳。女人与机器的味道。坐了片刻，脑袋靠在头枕上，而惬意不再，我每次坐进这台完美的物件里，便总在身上漫溢开来的那份惬意。完美的物件，捷豹，我的车子。取而代之的是破钱包，腐臭，哀号。

一幅反复袭来的画面，哪怕我即刻便将其擦去。

与我无关。这幅画面，这只可怜虫，属于索尔蒂斯的过去，属于躺在这张床上的她。同我没有半点干系，她一直妄图救赎的这些个无可救药的可怜虫。她的生活。不是我的。

昏绿的光芒，床上传来的几不可闻的呼吸，床头桌上热气蒸腾的杯子。我们两个在这房间里，而某些东西在浮荡，某些我无法抓住的东西，拉扯着现实，扭曲它的面目，抹去它的边界——我不曾知晓究竟是什么的**那一切**。而浓郁、日常的咖啡气息，那么寻常，那么真实，混着小苍兰的芬芳。埃里克的花。还有劳鲁斯。

劳鲁斯。今早他在等我。或许不是今早？说不准了。今天早上、昨天早上、某时某刻，我回到家来，而他在门阶上等我，劳鲁斯。问：“她怎么样了？”神情忧虑、悲伤，声调紧绷，略略尖刺，教我想起了些什么，我脚下踉跄，险些摔倒，咕哝道：“你也认识她？”再不惊讶于任何。

而他没有答话。只是勾住我的胳膊，扶我上楼。放我坐在厨房桌旁。手掌在我肩上停了片刻——令人安心得出奇，我肩上的这只手。劳鲁斯，我从未认真留意过的他。只将他看作埃里克的画框、布景里的一部分——摆着提花锦缎家具与中国瓷器的小厅里，一块绕着雪利酒与高谈阔论飞转的旋板①。

我记得，我紧紧捏住桌子边缘，恶心感缓缓褪去。手

---

① 旋板（þeytispjald）是冰岛的一种传统玩具。一块木板，中央穿有两孔，两根线绳穿过孔洞，左右系结。双手拉伸线绳、绷紧，木板便旋转起来，发出响声。

指下，桌木那么柔软，微微生热——回到家真好，重归现实，离开古老的故事、搅乱一切的纠缠画面，真好。伴着日光，坐在松木桌旁。

之前从未进过这里。埃里克和劳鲁斯的厨房。劳鲁斯在一旁为我做咖啡的当儿，我环顾四周，有一搭无一搭地说着话，感觉真好。一切都光洁整齐，而他的低微声音，将纠缠的画面统统抹去，还有门阶上的破钱包，她尖刺的声音。咖啡香气那样浓郁，有家的感觉。让我想起家里的厨房。可依然迥异，这两间厨房。这里的一切都是最完美的样式，而那里的一切，古老、破旧。却仍有些许相似。不明白是什么。或许只是这咖啡香气罢。

"你知道他们都认识吗，妈妈、埃里克、劳鲁斯？"昨天夜里，我问马大。

"当然。"她说。在我姐姐马大那里，一切都是理所当然。"我在她那儿见过他们几次。"

"我就从来都没见过。"我说，也立刻反应过来，我应当闭嘴才是。说教家马大是绝不会放过这种机会的。我端起肩膀，等着她开始。可她只说："你也不是每天都在，尼娜。"

仅此一句。漠不关心。好像那无关紧要，只是根本不值一提的事实。靠在墙上，不愿坐下，盯着这张床。盯着床上的她，我们的母亲，索尔蒂斯，似乎在翘盼着什么讯息，什么说明，对某些尚不明白之事的解答——尚不明白，但必得明白。在为时过晚以前。

劳鲁斯说："是，我认识她。"

递给我一杯浓咖啡，转瞬便进入一个故事中，关于自己和索尔蒂斯，照片上那个年轻姑娘，将他从生命危险中解救出来。劳鲁斯，蓝眼睛的小男孩，就他那个年纪来说，却实在太矮小，总挂着鼻涕，总被围攻，不会打架。曾经读到过，被扇耳光时要给出右脸，而男孩们几乎要笑死。男孩们，总追着他，恶魔，他们要杀了他，他知道。但首先要折磨折磨他，慢慢地折磨，索尔盖德的小杂种。而有一天，穿越人潮的一只手，拉起他，强壮的手，化人潮为乌有，击散人潮，而他一如往常沉在潮底。这只手抱住他，替他擦去血液与秽物，上帝之手，圣母之手，带他回家去，回到索尔盖德身边。回到妈妈身边，却恼起来，不想谈妈妈，索尔盖德。说："那些年真是很艰难。"跟马利亚一模一样。说："索尔蒂斯。"只有这个名字，再无其他。

尼娜伴着日光，坐在松木桌旁，喝着热腾腾的咖啡，又进入一个故事之中，那么混乱，而马利亚的故事到了最后也是这般。零星散落的句子、片段：他留存了许久的织花手套，却在那次奔波中遗失。她问："奔波？"可他不予作答。继续讲着织花手套，而在一块滩石上，他又遇到一只手，将他拉起，击散人潮，击碎那块压在他身上的岩石。

"我不懂。"我疲倦地说。

"嗯。"他说。

继续讲着这只救赎之手，讲着那个男孩。但现在说的是另一个男孩。来到大门边上，他给了他一把红醋栗。又瘦又小的男孩，总提着心吊着胆。站在大门边上，朝花园里望着。醋栗是那么鲜红透亮。给了他一把。有时是小点心，或者其他手边上的东西。没什么特别的。就是每回恰好放在手边的东西。什么都怕，小男孩。有时陪他一起走到学校，给他买个冰淇淋。本该明白的。像我这样的人。微笑。

传言，他说。传言总是不断。愈演愈烈。恶毒的谣言。而那个男孩，他当然会说，我碰过他。有时，我会把他抱在怀里，给他讲故事，牵他过马路。他特别害怕汽车，以为汽车是恶龙，整个人陷在童话里，不能理解现实。我也没强到哪去。不是他的错——

转过身去。伸手去拿咖啡壶，手在空中停滞了片刻，像是不大清楚自己到底在做什么。嶙峋的手，苍白，骨节突出，落在桌上，摆弄着茶匙、杯托，拿起一只杯子，又立刻放下。偷偷潜藏到松木桌下。

警察，他说，可后来警察来的时候——我觉得那样对大家都最好——埃里克——他的目光向我扫来，刚刚好触到我，警惕着，这对眼睛。耻辱，他喃喃着。

耻辱。埃里克。外交官埃里克。处于职业生涯的巅峰。他没说，是空中、是桌下的这只手说的。泄露真实。

尼娜默然，恶心再次涌来。从未听说过这些，又或许听说过，但只以为是个故事，不作数的，虚构，跟马利亚的故事一样，与她无关，不想听到这些——不想看到布景道具也拥有生命。

面容和善的老人，在花园里摆弄些什么，独自一人，总是独自一人。在君王环游世界、辗转于各个国际委员会之间的时候，便是他来照看他的王国，守护他的生命之蛋①。一只小掌，大小刚刚好，伸进门里。怎么可能会看不见这空空的小掌呢，而醋栗那么鲜红，红得耀眼。

---

① 生命之蛋（fjöregg）是冰岛民间传说中保存某人（或巨人）生命的蛋，有如命门。

细雨之夜，坐在滩石上。又被迫上陆地，大海冷得刺骨——说着这话，他笑了。年轻时爱赋新词，他说，也不知道大海究竟有多冷。那究竟有多难。瑟瑟发抖地坐着，不敢。终归不敢。但必须。总之他必须。已将生命之蛋打破，耻辱焚着灵魂，必须浇熄，如何在那火团中苟活。而恰在那时，那只手重又出现，恰在那时。午夜时分，如奇迹般降临，便是奇迹，上帝之手，圣母之手。拉起浑身湿透的他，又一次救了他的性命。将他从那生命抉择里解脱出来，那唯一正确的选择——自杀。

"啊，自杀，"埃里克的声音，"诗人们的最爱。"站在门口，也许已在那里站了许久，看着他们，神情莫测。劳鲁斯跳起来，摸出杯子与杯托，放在桌上，搬来一把椅子。而埃里克摆摆手。"我不坐在厨房里。"还是坐了下来。"我希望，"他说，"你不是这么跟索尔蒂斯说话的。"看向尼娜。方才想起，变了神情，变得迟疑、犹豫——一时忘了分寸，贵爵埃里克，尊仪有失而被当场捉住。忘了索尔蒂斯还躺在床上，等待着死亡。稀罕的神情，近乎可怜，而尼娜点点头：索尔蒂斯还活着，埃里克大可以继续说下去。

"我亲爱的朋友索尔蒂斯，她可是很不喜这一类诗歌语言的。"他说，露出一个微笑，立刻便复了元气。"在她那里，这叫做作。虚伪。对吗？"他冲着静立在厨房桌旁、背对着他们的劳鲁斯说道，声音温柔。埃里克的微笑更加宽阔，他在椅子里坐得更舒服些，指肚交叠在一起，向后仰去，微笑。这模棱两可的笑，藏有深意，表面温暖，却对着厨房放射出寒冷，冰川之寒。

"你想必知道吧？他以前是个诗人呢。"

冲劳鲁斯点点头。劳鲁斯，像是刚被殴打了一番，身子蜷成一团。手紧紧掐住桌子边缘。噌地一下跳起来。在厨房里来来回回地疾奔，双手在身前摸探着。一刻不停。

而尼娜蓦地记起：劳鲁斯——他是哪个松[①]？——那个消失了的诗人，在两次大战之间发表过两三本诗集——而后便消失了，就像给大地吞噬了一般。那时还很受追捧，在她和阿德纳尔还——黑夜、毁灭、荒原的诗歌。与建起柏林墙、扔下原子弹的世界完美契合。全都记起来了。

"是啊，这些诗人。"埃里克继续道，藏起笑容，语调轻松，而额上的角熠熠发亮。"还有那臆想中的自杀！自慰的终极形式。高潮的呻吟，情欲的聒噪，就是人们心目中的诗歌！嗯，劳鲁斯？诗歌！生命那漆黑的怀抱——想起来没，尼娜？"

又抬起手，不需要回答，正在表演，一场尼娜不得干扰的演出，日光下，厨房里的一出荒诞戏剧。支离破碎的诗句划过厨房，风驰电掣，一支支毒箭觅寻着那牺牲的猎物，而劳鲁斯逃窜不休，以手遮住脸庞。尼娜欲起身，无论如何，想要阻止这一切。而埃里克的词语阻遏在前，扶摇的暴风，将她死死压在椅子上。

"厌憎生命，厌憎人类，即是那唯一值得赞颂的，智慧呵。Homo inter fæces et urinam conceptus est[②]。新智慧呵。La vida no es elegante[③]。亦是新智慧呵。我不愿生活，唯愿

---

① 冰岛人的名字由人名与父名构成。如海尔吉·欧拉弗松这个名字，海尔吉是人名，而欧拉弗松是海尔吉父亲的名字加上"松"构成，"松"即儿子。如为女儿，则在父亲的名字后加上"多蒂尔"，意为女儿，如尼娜·欧拉弗斯多蒂尔。

② 拉丁语，人类粪便与尿液的概念。

③ 西班牙语，生活并不优雅。

自己未曾降生。最高智慧呵。厌世同造物决斗。第一次！诗歌便诞生了！**诗歌呵！庸俗呵！**"

词语，剑舞，撞击，耀烁，盘旋为一条剑鞭，于厨房中叱咤——埃里克，生命的崇拜者，曾经说过：要是那著名的死亡按钮归我掌握，我一定会按下去。消灭污秽。人类。不假思索。

尼娜起身，预备离开，唯愿遁走。而陡然间，安静，剑柄消失在这猝然沉寂中。

"毫无新意。"末了，埃里克道，声调已然迥异。"反正诗人从来都无新意的。只会说人人皆知的东西，用词语表达出来罢了。那还得是好诗人。"抚过额头，如梦初醒一般，迷狂蒸发殆尽，表演结束。

而恰在此刻，劳鲁斯站到他身旁，拿着一只杯子，递给他。说："喝了这个吧，能精神些。"劳鲁斯，面容和善的老人，对尼娜微笑着，未曾闻过铿锵剑啸，未曾闻过词语之鞭叱咤，至多唯有风吟。埃里克接过杯子，饮下，一个老人，疲倦，谦和，再无潘神的模样。坐在厨房椅上，喃喃着，心跳，身侧好痛，哪都不舒服，间或从劳鲁斯的杯里呷水。

而尼娜离开了。一个沉默的观众，看了一场两个老人之间的荒谬对话，荒诞派戏剧。埃里克，劳鲁斯，两个陌生人，不认识他们，不晓得他们是谁。一切都失了真实。在门口停驻片刻，鼻孔里溢满衰老与死亡的熟悉气息，想着：我在这儿做什么？凝睇劳鲁斯，神色忧虑，环绕埃里克左右，想着：原来劳鲁斯才是那个诗人。头脑中的画面，一间摆着提花锦缎家具的客厅，嘴里泛起雪利酒的干涩味道。她荡出微笑。因为吻合，不知怎的，完全吻合。想着：潘，又一个老人而已呀。努力回想，在埃里克那个老家伙闯进来之前，在他捣毁一切之前，她想问什么来着，某些她还未弄明白的事情。但没想起来，便合上门，而此时厨房传来一声巨吼："你转没转达我的问候，尼伊讷？"

转没转达我的问候？

沙哑的声音，歌声一般，与厨房传出的老人嘶吼，还有被嫉妒、恶毒等等低级欲望燃起的灼烫怒音迥然不同。陌生的声音，染着笑与远方的黯淡回响，含一丝低瑟，似呢喃树叶，似没腰高草，唤起忐忑、惊惧。而不知不觉间，尼娜已飞冲出去，离去，直到回到自己家中，方才停下。

转没转达我的问候？

没有。

我给自己倒了杯红酒，让身体深深陷进柔软的沙发中，全然不似我在这里坐的这把破椅子。打开电话答录机。工作室、安德烈斯传来的消息一再重播，请回电尼娜，请回电。安德烈斯的声音，一再循环，主动提供帮助，提供某些我完全不需要、也完全不想要的东西。我抬起手，正要关机，而女友苏莎的声音，仿佛荒野中的天赐吗哪①。我给她打了电话，立刻，却没机会谈起我想谈的那些：这间房间，这些画面，碎片——昏绿的光芒，一切都从我脚下流散，零落——

不对。有机会的。可无法用言语表述。思绪像鱼一样，从我指尖溜走。而苏莎以为我在担心工作室。主动提出在此期间帮我照看。**此**，她是这么说的。

---

① 吗哪（manna）是《圣经》中以色列人出埃及时上帝所赐的食物。

我接受了她的提议。目下无心考虑那些广告，考虑工作室的事情。知道她做这些都只是为了我，朋友义气，才不在乎什么工作室呢，即便她占了除我之外的那五分之一股份，而且在她愿意出手的时候，还是个出类拔萃的广告画师。她想自如地来去，苏莎，不想承担责任，想为自己留些时间，去画画、去恋爱。从没为钱的问题忧心过，所以工作室还有这份工作都是次要的。不管怎样，还是自告奋勇帮这个忙。说："你怎么有点奇怪。"我说："我觉得我感冒了。""我也是。"她说。我听出，她声中有泪。继续道："你还记得吗，我第一次去你家的时候，你家有个女人，失去了孩子的那个？"我说："我晚些跟你联系。"

　　我喝了一口破钱包的咖啡。不记得什么失去孩子的恸哭，知道那只是苏莎的罗曼蒂克，将一次普通的流产变成失去一个孩子——如果真是流产的话——将破钱包的酒醉号啕变成悲壮的恸哭。

　　苏莎，批发商之女，以为自己在石头村①的小房子里便了解了生活的一切，从此走上一条"左"路。一个总有点恍惚的波希米亚，永远相信善良，尤其相信爱情。哪怕曾无数次失望。时而绝望迷惑，纤细的手指探进空中，眼神无助，哀痛——不相信这世界的恶。为女友尼娜的无情与冷酷而遗憾，尼娜说：你还指望些什么呢？

　　十五十六年前，生了个男孩，苏莎。我浑然不知，与苏莎早断了联系，再没见过——那时是律师夫人，嫁给了古德永，早就厌了艺术讨论、波希米亚风那一套，他们怎么永远也长不大，真是无聊透顶。

---

　　① 石头村（Grjótaþorpið）是冰岛首都雷克雅未克市中心的一片区域。

后来，很久以后，我陪她去看了他一次。疗养院。站在床边，盯住这只抽搐不停的畸形生物——必须躺进四面围栏的床里，以防痉挛袭来时侧翻在地。脑瘫男孩。苏莎梦寐以求的孩子。躺在那儿，一摊松垮的皮肉，垂坠着，一只肥胖的异形。

　　我再未同她去过。我做不到。只要一想到，酸水便涌上喉咙。而我的女儿，萨拉，她常去那儿。坐在他的床边，同他讲论灵魂：总有一天，灵魂会脱离一切枷锁，乘着宇宙正义，终与天地能量际会，同这具残损的身体分离，再不受业因挂碍，从他的因缘果报中超脱而出。

　　或者诸如此类的东西。

　　我说："你怎么没给她一个耳光？"

　　而苏莎看着我，神色诧异，说："真怪。他就那么静静躺着。好像他在认真聆听似的。一动不动。"

　　所以萨拉常去。独自去，或者跟苏莎一起。全然不顾我的愤怒。

　　"你竟敢。"我气得发抖。"你这满口迷信，我从来都没干涉过，可现在你必须给我适可而止，听见没有。"

　　而萨拉只是微笑，荡出这抹体恤的微笑，意思是我不懂，我不知道自己在说什么。说："他是一个鲜活的生命，妈妈，他有灵魂。"我扇了她一耳光。我唯一一次打她，我的女儿，萨拉。

　　床上那一摊皮肉。

　　我的手打上去，萨拉的脸——

　　无法忘记。还有那个男孩，床上的生物、异形，苏莎之子。

　　好在没将另一边脸转过来。应当感激才是。人总能找到值得感激的东西，苏莎说。

从此便将厨房唤作天安门广场，笑得狡黠，萨拉，我的女儿，瞪大眼睛，盯着我，好像我是一只怪物，我的手留在她颊上的印迹，白色。天安门广场。自然是不幸中的万幸。

一个鲜活的生命，她说，有灵魂。我扇了她一耳光——

我盯着床上的母亲。皮肤灰槁，肉躯松垂，似乎肌肉正慢慢从骨骼上剥离下来。身形看上去更小些，似乎她正渐渐微缩、萎缩，一点点消失。白色衣袖下，什么东西金灿灿地闪。她八十岁时，我送她的手表，现在还戴着，他们忘记取下来了。指向五点，表停了，看一眼我的表，八点半，又站起来，打开通向走廊的门，去看墙上的白色电子钟，上面显示两点五十五。照着它调好我的表，虽然总在怀疑，瞬间是否已成永恒，万物旋聚于一点，一道旋涡，一柱旋风，就像阿德纳尔的那张画，中央是死静。还是调好。调准手表，就像时间有多紧要似的。就像这些手表和钟表真能表达时间似的。两点五十五。

在这里坐啊，坐啊。等啊。坐啊，等啊，驱散怀疑与恐惧，我疑、我怕会一直留在这里，永远逃不出这里，永远无法摆脱这间房间；这里什么都未发生，唯有等待。等待着他，等待那位来客，那吟歌不停的骑士，你岂未看见——你岂未看见——

坐在这里。我的面前，她的手。一只厚实、宽阔的手，放在白色被单上。手背上布满棕斑。我用指肚轻轻触碰。它很温暖，这只手，还很温暖。

圣母之手？

不可能。毫无诗意的手。一只平凡而真实的女人之手，留着辛劳的印迹。我母亲的手，放在白色被单上，一动不动。

索尔蒂斯，一个少女，神情严肃地看着照相机，神情犹豫、迟疑。一个陌生少女。早就消失、遗落，早被抹去。索尔蒂斯。站在阡陌交会的路口，听心弦颤动。马利亚的眼、里克哈德的眼落在她身上，胸中的凶猛激颤，搅乱一切。而一只小手扯住大衣，还有劳鲁斯的话，不知怎的我给忘了：她说，现在我们互不相欠了。

另一幅画面：她立在门口，索尔蒂斯。穿着这条自己缝的印花裙子，灰白的薄辫盘在头顶。站在那里，神色严厉，拒斥其他选择，捍卫苏艾娃，抵挡一个女孩的苛刻要求——自己的女儿，尼娜。说：你以为你有很多选择么。

本可以成为裁缝，成为服装设计师，成为一切，甚至议员夫人——要是她能明白过来，去追随摄影师，里克哈德。

却在阡陌交汇处背过身去——通往其他方向的阡陌。拒斥其他选择与可能，重返家乡那片海湾。不相信选择。说：事情的发生或许不归我们掌控，而如何去应对它却由我们抉择。

又或者不是她？或许是苏莎，是劳鲁斯，甚至埃里克？还是萨拉？我的女儿萨拉，相信灵魂存在的小迷信鬼。很有可能，她的嘴上总挂着这种警句格言。

萨拉，有一大堆陈词滥调、警句格言，说："爱，是不能拒绝的。"将爱情大写。看着我，刚刚恋爱，年轻的脸庞几近愚蠢——因为幸福。不听我的反对，我的理论。听不进去。

我们坐在客厅里。男孩刚走。克努特尔，她的爱，也是现在跟她同居的那个男孩，那时刚满十八。浑身散发着平民气，背景贫穷，却迷倒了她，他们两个拥有双子灵魂，或者其他诸如此类的玩意儿。她从高中退了学，要去上园艺学校，跟他一样。他们两个，要去耕耘他们二人的花园，在极乐福土之上，在天堂，或是其他什么好地方，靠着有机种植蔬菜、靠着大地的果实为生，要教给人们应当怎样生活。我真想摇摇她，把理智摇进她的脑袋瓜。但我没有，知道那没有用。只是问："这些事你都告诉爸爸了吗？"

很有可能。古德永很高兴，觉得这真是个好主意，知道她有多不爱上学，对我来说可是新闻，觉得这主意真是太聪明啦，萨拉做的每件事都是如此，自打她出生、自打她成型，她所做过的每件事都是如此。找不到言语来形容像萨拉这样的奇迹，古德永。在我怀她的时候，手掌无数次地摩挲我的肚子，感受她，感受她的运动，生命的迹象，而第一次见到她时，仿佛整个人都在放光。她第一次被放进他怀里时，眼睛便泪水朦胧，凝睇着她，视她为奇迹、为圣迹。如今依旧。

"爱上富人跟爱上穷人一样简单。"我说。

她笑，说："这是你的经验之谈么？"

我突然一下便发觉，她到底让我想起谁来。高高的颧骨，乌黑的眼睛，这神色，这表情。索尔蒂斯。照片上的那个女孩。她，早已消失，早已遗落，同苏艾娃、雅各布、卡特琳、马利亚一样，同我们所有人一样——被贪婪的时间吞噬。我们一次次地死去，所有人，在我们化为一摊摊堆叠在床上的缄默皮肉之前，我们死去。

死亡。一个寒冷而黏滑的字眼。充满口腔、眼睛、耳朵，充满所有感官，向内啃噬，渐深、渐深，直至所余唯一头骨，历经啃噬的骨骼，裂为齑粉。讳而不言才是明智之举，将其隐藏——隐藏衰老、灾厄、畸变，隐藏生命的苦难，我们坠入其间的贪婪虚无，吞噬一切、毁灭一切的漆黑空无。

不相信死亡，萨拉。认为死亡是变幻、是新生、是更新。瞧不见那攒动的蛆窝。相信生命与爱情，同女友苏莎一样。说："爱，是生命的馈赠。"这么矫情而庸俗的字眼，她却从不脸红。

生命的馈赠。

好一个馈赠！

不明白，我怎么就生了一个对现实盲目至此的女儿。

现实：索尔蒂斯，于上个世纪^①即将结束之时，生在逼仄而荒僻的海湾中，一间草顶房里。二十四岁或二十五岁，便嫁给了自己的青梅竹马：欧拉弗尔。生了八个孩子，五个存活下来。一个年少夭亡。还有一对双胞胎。一对死胎。将近四十岁前，一直生活在海湾中，后又搬去埃里村，而待到村落被废弃时，便搬去南部首都。南下一年后，丈夫溺海而亡，而彼时除了最小的孩子以外，其余孩子都已接近成年，便都帮着操持这个家，最后也都过上了不错的生活。

现在，躺在这里。

一摊缄默的皮肉，连接着吊瓶与尿袋——最后的生命

---

① 这里指 19 世纪（《夜逝之时》发表于 1990 年）。

迹象，流淌进透明塑料袋里的尿液。挂在白床边上的尿袋。

那只一动不动的手倏地抽动一下，似乎就要从被单上升起，欲朝我抓来。我不由自主向后一抽。纸与笔簌簌落下两侧。手肘撞上花瓶，幸好在摔落之前将其护住。

我将花瓶放回原处。捡起纸笔。心脏怦怦直跳，仍用余光去瞧那只手，去瞧枕头上的那张脸。依旧面无表情，这张脸，似在安睡。白色被单上的这只手，静止。

骚乱中，两朵小苍兰掉落在地，我将它们拾起。红白颜色的花朵，在颤抖的手指下是那样柔软，在我掌心停落片刻。不可思议，这些花朵，形状之美，缤纷颜色。我将它们重又插进花瓶，仍盯着被单上的这只手。一动不动。

潜藏着各种可能，这只手，仍能教我惊异，仍能教我错愕。曾把一条披巾递给我，包裹在柔软纸张中，底色靛蓝，缀着长长流苏，里面散发出幽微芬芳。从五斗柜最底下的抽屉里取出，递给尼娜。"我想让你把它带着。"

而尼娜一把推开，不愿接受，笑，说："古董披巾？带它干吗？"

属于那炸弹的世界，尼娜，那由巨人主宰的世界，那里无处安放一件过时的破烂，一件过去的遗物。已将生活掌握在自己手中，要外出闯荡，去寻觅新的意义，在巨人世界中寻觅新的通途。对着古老的披巾嗤笑，推开它。不属于那绿草延绵的世界。而那些屈从于命运的祖辈女人们，她们的世界亦非尼娜的归宿。

"我不要。"

而索尔蒂斯不肯退让。将披巾塞给她。执意要求她将披巾带走。苏艾娃的披巾。

想为她戴上镣铐，索尔蒂斯，将她与历史联结，一段早已消亡的历史，逸散出血液、泥土与腐烂的酸涩气息。将披巾递给她，教她不忘角色，不忘陷阱，生命布下的那最为原始的陷阱：转瞬间，一切皆已改变，我用了九个月，我用了一年，我用了一生。永远别去妄想你能自由地生活，因为生命那首魔咒就栖在你的腹腔之中。

将披巾递给她。里面散出多汁野草的气息，混着地上起伏枯草的腐气，微风挟来阵阵低微歌吟，没腰高草便波动荡漾：你亦复如此，你亦复如此，你——

尼娜将这只手一把推开。

救赎之手，圣母之手，劳鲁斯说，而顷刻间，头顶现出熊掌的绰绰形影，隐隐浮荡，又消散、变形，化为白色被单上一只死静之手。

救赎之手。

敏锐哟，诗人们的眼！

而我倏地记起，在埃里克到来，如疯狂野牛般，闹得翻天覆地之前，我想问劳鲁斯的那件事情。

子夜时分，她去海滩做什么？

"你知道他们是怎么认识的吗？"我问马大。她好像一尊石雕，怔怔地盯着这张床，似乎没有听到也没有看到我。

"谁们？"她终于答道，灵魂出窍一般。

"劳鲁斯和……"

而她抬眼看我，脸上满是倦烦与愤恼，好像我打断了什么，破坏了什么，好像我的这些问题、我这个人的存在都教她不胜其烦。

她说："你干吗一直问这些问题？你究竟想知道些

什么？"

满是敌意的脸，盯住我，盯住这些纸页，要一个答复。没得到答复。没必要向马大坦白任何，更不必说这些纸页。我想用它们来做什么，我想要去寻觅些什么，又或者我是否真想去寻觅些什么，都统统与她无关。那是我的事情，不是她的。

"我就是问问，马大，我就是问问你知不知道他们是怎么认识的，劳鲁斯和她。仅此而已。"我说。"这有什么好让你发飙的。"

"发飙？谁发飙了？我倒是不懂，你这堆没完没了的问题有哪门子意义。"

"我就是想，你兴许会知道。"我说。"劳鲁斯跟我说……"

"我当然知道他们是怎么认识的。"她说。上钩了。马大，绝不会承认，她其实并不了解关于母亲、关于索尔蒂斯的一切，绝不会承认，她还不如尼娜那个失职的女儿、那个宠坏的孩子知道得多。"有天晚上，她发现他趴在栅栏上，病了或是醉了。她睡不着觉，近些年她一直睡不好，你也知道的，或者你起码应该知道的，她就出去看看。看到他那样，她当然就把他拖到家里来了。"

半夜，把病了或是醉了的他从栅栏上面捡回来。我盯向枕头上这张面无表情的脸。

"你笑什么？"马大说。

"我没笑。"片刻沉默后，我说。克制住了诱惑。不会跟马大讲，劳鲁斯与躺在床上的她是怎样认识的。不会跟她讲，那个在街上朗声大笑的年轻女孩，还有她的救赎之手。不会提起那个夜半在海滩漫步的老妇。

而马大转过身去，又怔怔地望着这张床来。站在那里，拒绝坐下，凝睇这张床——马大，一个上了年纪的女人，微微驼背，苍老脸庞，神情中、眼眸中凝着一丝疑问，几近孩童般的疑问。

忽又转回身来。开始讲话。声音低沉、粗哑。"你根本不了解她。"她说。"也不想了解她，只想要个'妈妈'。"又开始喋喋念叨起，尼娜，什么都有，什么都由着性子，人家为她付出，她却不懂感恩。尼娜，接受了教育，得到了马大渴望得到的一切。"你以为那一切很简单吗。要不是我们全体帮忙，你以为那一切还会有可能吗。我、海尔吉，还有奥德尼，人家正等着结婚，直到——"

不听尼娜的话，听不见。马大，阶级意识无比分明，不明白是他们自己亲手将尼娜推走的。挖去她立身的基础，将她塞进另一个阶级、另一种环境。这些渴求教育的平民百姓身边，突然多出了个陌生的尼娜、受过教育的尼娜、危险的尼娜——

尼娜，从此便对那些呼吁知识分子与平民阶级大团结的文章嗤之以鼻。光鲜靓丽的知识分子们，双手柔软的香槟社会主义者，就平民阶级、同壕战友高谈阔论，其实根本什么也不懂！

"——还有那个小伙子，那个画家，阿德纳尔还是什么来着——"

"唉，住嘴吧马大——"

"你也根本没上过大学——"

"我上过大学。"

"反正你从没拿到学位。"

然后就到了古德永，离婚，广告工作室，"你的生活方

139

式"——将这些一股脑儿倒给我。而我就坐在那里，纸页放在腿上。光彩照人的尼娜，事事享受特权的尼娜。愤怒在眼眸中燃烧，一如既往的愤怒。而我还记得，她得知我跟古德永离婚以后说的那些话。

"你以为我就没想过离开吗？抛下一切远走高飞？"而尼娜目瞪口呆地看着她，从未料到马大竟也想过离婚，即便古斯迪——她的丈夫——总有许多不安分的动作。古斯迪，那个迷人又倒霉的家伙，自诩为音乐家，从没哪份工作能干得长久。圣洁的马大，血液里尽职尽责，一群子女环绕膝下她，竟也想过离婚？她这只鸡妈妈、这位热衷自我牺牲的母亲？同情之火顿时燃起。而马大即刻就将其扑熄。重复她们母亲的话，索尔蒂斯的话。"可女人是家里的主心骨。那是她的职责、她的义务。"

"你还记得灵应杯吗，马大？"我打断她的演讲，就尼娜的背叛、可悲及普遍糟糕的局势所发表的讲话。马大的话刚说到一半便沉默下来，盯着我，什么？脸上一副愚蠢表情。而我温柔地笑，说："你还记得，你和拉切尔在家玩灵应杯的事吗？"她瞪着我，以为我疯了。

"你不记得了吗？拉切尔刚从北部做工回来，你那时候特别迷灵应杯。她外套还没脱下来，你就哄她陪你玩灵应杯。你们没让我加入，说我太小了。所以我就在你们没看见的时候钻到了厨房桌底下，想听你们问灵魂问题。你们俩嘻嘻笑笑个没完！可是妈妈做完清洁，突然下班回来了。你不记得了吗，马大？她气坏了，被你们气得说不出话，都是成年人了，严禁你们装神弄鬼。决不允许。可拉切尔说，别这样妈妈，万一灵魂真能降临在这杯子里呢。你们哄她来试验一下，问这杯子一件除了她以外旁人都不知道的事。

你还记得她问了什么吗？"

马大似被催眠一般，怔怔盯着我。

"你不记得了吗？"我继续道。语调温柔。"她问了一个男人的名字。在她嫁给爸爸之前喜欢过的一个男人。还是说在她嫁给爸爸之后？"

"杯子拼出一个人名。"我冲着马大僵硬的脸说，一字一缓。"拼出里一克一……"

"我不知道你在说什么。"马大打断道，冷冰冰的声音，打断这庸俗故事，尼娜故事，一个与她心目中的索尔蒂斯形象——母亲形象——完全不符的故事。"你以为你在干什么。"她继续道，语调依旧。

开始讲起索尔蒂斯的故事，马大故事，圣女的故事，平民英雄的故事。始终与各个地方的不公正做斗争的她：领导了埃里村的首次女性罢工，进攻资本主义，战胜了那些用假秤卑鄙欺骗卖鱼人的混蛋。战胜了他们——马大的脸上洋溢着狂热，她的低沉声音化为雷鸣，在整间房间里激荡。索尔蒂斯，那年夏天她怀着尼娜，常在傍晚出去捕鱼，独自一人或跟海尔吉一起，因为父亲卧病在床。割晒干草、照顾农场，为我们捕来晚餐，又到乡委会去借款，好让父亲能够住院治疗。却遭到拒绝。三次被拒，在父亲吐血之时，只因她没有工作，缺少有效的担保。一无所有，唯有一双手，还有我们这些孩子。可还是坚持着，绝不畏缩。

一幅幅拳头高举空中的俄罗斯无产阶级女英雄形象在房间里翻飞开来，我不再听下去。受不了她那杂糅了愤怒、挑衅与防御的语调，为弱者辩白的语气，好像必得去辩护些什么，为躺在那里的她、为她的存在辩护——给那些一事无成、唯在这片国土上幸存下来的人们增添上几件英雄事迹，为那些劳苦百姓的存在辩护一番，欲去证明：在历史中不着痕迹的他们也不枉活过这一场。

转念去想她，跌坐在厨房板凳上，盯着灵应杯，茫然若失。女儿们的眼眸落在她身上，好奇而贪婪，充溢着胜利的喜悦——杯子在写满字母的纸上拼出一个名字，一个应当隐藏起来、埋藏起来的名字。

迷惘的人儿。比起英雄、比起圣女，她才离我更近？

马大的话，低沉的轰鸣，马大故事。而意识深处，一幅画面，逐渐浮出，逐渐清晰，而厨房板凳上的女人，渐被驱离。

苏莎与尼娜，日光浴。躺在房后的这片小草地上，在阳光下舒展身体，两个少女，穿着内裤与胸罩——新买来的胸罩过于大了。给彼此涂上防晒油，喝着橙汁，嬉笑闲聊。因为猫王吵了起来，凭着性感臀舞与魅惑歌声震撼了全世界的普雷斯利。苏莎觉得无比迷人，而尼娜认为老气得很。话题又转移到摇滚乐，牛仔舞，最后一场校园舞会，男孩们真没劲真老土，脑袋里就只想着一件事，而她们当然也总想着那同一件事。但是她们不会说出来，就是受不了男孩们的举止。抬头盯着太阳，强烈而炽热，教她们目眩，而草地绿得油亮，栅栏外，晨星草与火百合①在低矮的灌木旁盛放。索尔蒂斯的花园。花床沿一面裂隙纵横的坍塌石墙铺开，裂缝中覆满苔藓。而忽然，一滴水落在苏莎的肚子上。接着是第二滴，第三滴，最后瓢泼泻下。她们尖叫

---

① 两种植物的学名是"麦瓶草"（Silene dioica）与"珠芽百合"（Lilium bulbiferum）。

着跳起，振臂蹬脚，仓皇逃离这场不可思议的太阳雨，倾盆雨，躲闪开来，大惑不解。直到她们向上瞧去，看到窗边，索尔蒂斯正站在一把椅子上，手拿一只白色搪瓷大桶，笑得直不起腰。索尔蒂斯，将这只装满水的大桶从厨房搬到客厅，爬上椅子，抬手打开小窗，费这一番力气只为往她们身上倒水！尼娜瞪着她，无话可说。绝望地在头脑里搜寻借口，一个能够解释这种疯狂行为的理由，一个苏莎会相信的理由。羞愧得无地自容。听见苏莎嚎叫一声，看见浑身透湿的她扑跌在地，恐惧向空气中蔓延，充溢一切，就要将尼娜炸开，直到她看见，苏莎竟是在狂笑。她们俩都在狂笑。苏莎躺在草坪上，索尔蒂斯站在窗边，一手拿着白桶，一手举在空中，好像在冲她们挥手，冲这世界挥手。笑得前仰后合。而尼娜站在那里，像根柱子一样，看着她们狂笑，动弹不得。站在这副框架之外，穿越年月看着她们：草地上苏莎那泛光的年轻脸庞，而灰白薄辫下索尔蒂斯的脸，爬满笑纹，在这强烈而炽热的日光下，隔着窗玻璃熠熠闪烁。

我盯着床头桌上的花。在这灯光昏暗的房间里，那么绚烂。花影投在枕上的这张脸上，一张毫无表情的脸，黯淡。十字架悬在头顶，冲破昏暗，而马大的声音，悲戚潺响——忽然，她的脸庞放出光芒，是泪水，穿透黑暗，她扯开衣裳，裸露出乳房，那么陌生，再也辨不出她。倚墙站立，世界之悲，一个裹在黑衣中的女人身影，古老，敞开衣衫，双手从黑暗中抽出，寻向前去。

"你根本就不了解她。"她说。空洞的声音，从远方传来。她的背后，一幅人影，从黑暗走出，一个、两个，愈来愈多，摩肩接踵，身形佝偻，似顶着风暴。"你如何能理解她，你如何能理解他们，你这失却尊敬、失却信仰的一辈！"

我想笑，想努力甩掉这房间里的种种幻象，甩掉马大和她的同伴。马大的辩解，全是诘责。将我视为异类，同她、同这床上的人非亲非故，同他们——

"你必得相信些什么，才能活下去啊，尼娜。"

"我相信这间房间。相信这里发生的一切。"

"相信死亡。"那声音说，空洞感渐强。化作一声叹息，穿越人群。一道波浪，似沉重的呼吸，欲将我卷挟而去、将我吞没其间——"死亡"，于黑暗中回响。

陷入一阵旋风、一道旋涡，冲荡往复，无从抓攫，抛沦无前，愈远、愈远、愈深——坠落、坠落，而苏艾娃、斯蒂凡、弗丽德梅、雅各布、古德丽德簇拥一团，面无表情的脸，黑暗。斯蒂凡伸出手，似欲阻挡我继续跌落，而苏艾娃与弗丽德梅推开他，刹那间旋涡便将我掳掠而去。我急急喘息，想要尖叫，而嘴里却被某些咸苦之物填满，海水？泪水？教我窒息。而水涡中传来一个声音："她既冒了这个险，就必得自救。"其他声音嘈切附和道："她自作自受，她为何要侵入我们的生活。"而霎眼间，我又看到索尔维格、奥德尼、卡特琳，忧心忡忡，又试着尖叫，可盐流溢满口鼻，我快要溺毙，已是垂死——而马利亚忽然来到我的身旁，她弹落棕色细长雪茄上的烟灰，说："尼娜，你在这儿做什么？你不知道这很危险吗？"抓住我，将方向调转。而激流一旁现出一间房间，熟悉的房间，一个女人坐在椅子上，面朝旧五斗柜——

索尔蒂斯。

坐在板凳上，面朝五斗柜，最下层的抽屉敞开着，尼娜钟爱的那只抽屉。里面放着披巾、丝带与围裙，闪耀得像是《一千零一夜》里的服装。里面还有丝绒镶边的黑缎衬衣、刺绣精致的无袖短衣、长穗帽、掐丝细工腰带①，还有各式各样的饰品，放在长方、正方等各式白色匣盒中。女孩尼娜将垂涎的目光从抽屉上挪开，移向蜷坐在板凳上的妈妈；她怀里捧着一件东西，一再地抚摸，若有所思地出神，仿若身处远地，没有瞧见尼娜。

尼娜靠近些，去瞧她腿上的这件东西，她温柔抚摸着的东西。可原来只是些旧衣裳。棕灰的短裤和衬衫。尼娜从不知道家里还有这些衣裳，更不知道它们竟放在这只最有趣的抽屉里，这么丑的衣裳。

尼娜看着妈妈，刚要开口问，却看到泪水滴落在衣服上，无声无息地流出眼眶，流下脸颊，接着又滴在这只手上，这只不停抚摸着衬衫与短裤的手。尼娜闭上嘴，一言未发。只是看着这只手一来一回地移动，那么温柔，无比温柔，抚着这些丑陋的衣裳。

小宝贝，那个夭亡的孩子。尼娜的哥哥。他的衣服。早在尼娜之前降生。在尼娜出生前便已死去。如是而已。

"你还记得吗？"水涡中，马利亚的声音喃喃道，场景陡然转换。房间消失，山之巨人浮出，阴沉吟啸。尼娜步履沉重，跟在阿德纳尔与海尔吉身后。双脚似铅，向前、向上，一步一步，麻木地迈出。她的脑海中，一幅模糊画面：索尔蒂斯在这险恶群山间的行旅。狂奔的女人，片刻不停，孩子病着，间不容发，必得争分夺秒赶去医生处，孩子才

---

① 这些衣物皆为传统冰岛民族礼服。

有命可活。索尔蒂斯，男孩紧抱怀中，在群山间狂奔，在他们前头跑着。精疲力竭，气喘吁吁，在他们前头喘着。手扶岩石，休憩片刻，看看孩子。又疾奔而去。

一只手，一再抚着旧衣衫：所有这些孤绝山谷中的女人，奄奄一息的孩子在她们怀中死去。这幅画面，刻在女孩尼娜的脑海之中。

跟在海尔吉与阿德纳尔身后，跋涉向前，翻越这无尽的群山。一边又咒骂自己，竟被骗进了这场旅行，骗入这蛮荒之地。如今方才懂得这词的含义：蛮荒之地。在他们前头，索尔蒂斯在狂奔——又或许是她的父亲——在他们前头奔跑着的，是欧拉弗尔吗？当然是他，奔跑着，喘息着，呻吟着。他的嘶哑话语在岩壁间激荡：一切，一切，只要你放过他，放过我的孩子。怎么也吐不出那些词语，那上帝所求的词语，亚伯拉罕的主；竭尽全力，那些词语仍牢牢困在喉咙里：愿你的旨意得成[1]。奔向前去，她的父亲、母亲、欧拉弗尔、索尔蒂斯，在这凶险群山间奔波着的，是尼娜的思绪；尼娜的思绪之旅，因等待而起，因恐惧而起，因一双手而起——那双曾轻轻抚弄旧衣衫的手，方今已垂垂无力。

"你根本就不了解她。"

马大的声音，从迢遥远方传入旋涡当中，尼娜在这水涡中跋涉向前，一步一步，愈升愈高。我试着去捕捉这些词语，企图将其攫住，而它们从我指尖滑脱，消散于塌落

---

[1] 《马太福音》6:9–10："所以，你们祷告要这样说：'我们在天上的父，愿人都尊你的名为圣。愿你的国降临；愿你的旨意行在地上，如同行在天上。'"据《圣经》记载，亚伯拉罕是上帝选中、赐福的人。

的山泥间，而忽然，尼娜呻吟着倒下，走不动了，受不住了，脚已断了。她眼见阿德纳尔与海尔吉将自己遥遥甩在后面，步履不停——照阿德纳尔的话来说，他们是三个火枪手——脸上扭出厌恶的怪相。她向前爬了一段，便又放弃。不管她说了些什么、说过些什么，现在只得吞下自己的骄傲，必定是追不上他们了。

趴在那里，俯望着山石。耳际回荡着海尔吉的声音，不断指向四处，悉数这群山间的巨人与异兽，列述其名号与传说，这每一只都同样的歹恶，会杀害、屠戮、摧残无辜的行客。而如今躺卧于此，她便明白，这些传说中蕴藏着群山的魂魄、人们的恐惧——那些在同巨怪、鬼魅搏斗后消失、失踪的人，他们在雪地里留下的血腥足迹：恐惧坠落。恐惧死亡。如今方才懂得。而霎眼间，海尔吉便来到身旁，海尔吉，呼唤着阿德纳尔，叫他等在那里，问她有没有受伤，想帮她站起来。而尼娜拒绝站起来。躺在那儿，脚已断了，嘴里泛着血腥味道，腹部疼痛难忍，听到自己猛地吐出一句：冰岛人已有了这么一个国家，何必还特意去什么地狱！

海尔吉笑，而阿德纳尔毫无反应。在他停下的地方静静站立，环视四周。似乎未曾听到、亦未曾看到他们。自言自语般地说："不可思议呵！"

一个裹挟在寒凉山风里的词语传向尼娜。她知道，他在思索怎样才能捕捉到他所见之景的精髓、这骇人风光的精髓，怎样将其从视像转为画作。而其余一切皆抛诸脑后，不复存在，无有存在——唯此而已。

尼娜咬牙切齿，冲着岩石低吼，什么东西那么不可思议，是不是她脚上的水泡。而他们两个都未听见，阿德

147

纳尔魔障一般，耸拔于他们之上，而海尔吉坐在她的身侧，开始卸下行囊。海尔吉，用自鸣得意的安慰语调念叨着，尼娜的行囊应该由他们两个分担，他和阿德纳尔，因为就像夏屋里的比亚图尔①常说的，女人总比男人要柔弱；他们一直打算把她的东西加到自己身上来呢。一刹那间，便将那幅愚蠢画面抹去：他们三个，三个友人、三个平等的人，阿德纳尔、尼娜与海尔吉，三个火枪手。他看到她脸上的神情，便将手挡在脸前，说，别这样，尼娜。而眼角笑意分明，哂笑灼烫——尼娜伤口上的盐。又严肃起来，说，会好起来的，别担心，一开始的时候最困难，而且你表现得已经很好啦，简直是个英雄呢。从背包里掏出咖啡瓶，倒了一杯，跟她说，喝了吧，再多吃点糖，你就有力气了。又忽然讲起故事来，这群山间的又一场行旅，许久以前的一场行旅。索尔蒂斯的故事。而尼娜听不见，不要听，蜷靠在高山上的一块岩石旁，双手紧紧环扣着滚烫的咖啡杯。

而这场行旅仍然潜藏于记忆某处，从旋涡中浮现而出：索尔蒂斯，躺在沉重的木床里，被人扛起，翻越这凶恶的群山，怀中抱着奄奄一息的男孩——不，怀里没有男孩，他早已死去了——奄奄一息的是她自己。血流不止，索尔蒂斯，躺在一张悬浮山间的木床中，头顶的天空明灭交替，诡谲异常。向埃里村进发，再搭船前往医生所在的医院。不是她曾在宴席上冒犯的那一位，是另外一位，与她不相识的医生。男人们扛着这张专为此次旅途所制的沉重床榻。六个男人，交替扛抬。而索尔蒂斯躺在床中，盯着渐渐黯淡

---

① 夏屋里的比亚图尔（Bjartur í Sumarhúsum）是哈尔多尔·拉克斯内斯的名作《独立的人们》（Sjálfstætt fólk, 1933—1935）的主人公。

的天空，溢血不停。精疲力竭的男人们步履维艰，踏雪向前。群山之上的夜空是那样诡秘，悬在巨山环围的逼仄海湾之上，悬在海湾居民的头上。一路血痕刻在白雪之间。

"你根本就不了解她。"马大说，一把将我扯出旋涡，将我从那遥远的房间与黑暗的群山间拖出，拖离那激流中的殷红路迹。抹去一切。马大，我的姐姐。复归了她的本来面貌——消失了：裹着黑衣、袒胸露乳的女人身影，太古之悲的化身。从未存在过。

"你如何能理解像她这样的女人，"她继续道，"在灶台边长大，最后身旁却是微波炉；为了烘干孩子们的衣裳，她常常只得把衣服贴在自己的赤裸身体上——"

"她对烘干机和微波炉都特别满意。"我急急驳道，捍卫自己的礼物，狠狠盯住马大，企图掌控现实。"她喜欢这些东西，喜欢新奇的玩意儿。"

而马大不听，从来不听，马大。

"经历了历史上最动荡的剧变时代，却从未迷失过，一向立场分明、是非分明。"马大的声音里又现出那崇拜语调。狂热。"你如何能理解她这样的人，你这失却尊敬、失却信仰的一辈。"

"哎哟天哪，求求你了，马大，"我听见自己嘟哝道，而她打断我。

"你必得相信些什么——"

又是那滚滚波浪，又是那旋涡，索尔蒂斯很久以前的一个晚上说过的话，于旋涡中回荡："小尼娜，要是你什么也不相信，觉得生命只是没有意义的偶然，那么大家何必还要辛苦活着呢？"

149

"相信些什么。"我高声道，抵抗这回旋，抵抗这旋涡。将手中的纸页攥得更紧。"相信什么？革命么？"

"革命。"马大重复道，似是惊诧。"革命。"她又重复道，像是在钻研一个她从未听过的字眼，一个她浑然不识的字眼。自打我记事起，就一直把革命挂在嘴边的马大。

忽然间，无端开始讲起某次集会来，人潮涌动，天气虽冷，却热浪澎湃。北风，而空气中有某些东西，兴奋、激动，瑟瑟震颤，犹若一根会崩断、会流血的弦。她的声音遥远、漠然，全然不似马大的声音。那时候十七岁，刚刚认识古斯迪，在她跟拉切尔一起参加的那些集会上认识的。跟拉切尔和古斯迪一起参加这次集会。中城学校旁。还有奥德尼和海尔吉。还有同事工友们。靶子，她说，这个国家，靶子，原子站。而妈妈说：你们都去吧。我留在家里陪尼娜。而爸爸不肯，一步不挪，说：没有人能出卖这个国家。爸爸，总那么天真。

到处都那么冷，冷得彻骨。而这股热浪仍笼罩一切，微微震颤，闷得教人窒息。人们在房子外等待，那些潜在的卖国贼们的房子，而警察，身着黑衣，穿梭于人群之间，随处可见。我们和奥德尼、海尔吉走散了，我很担心他们，担心海尔吉。他大大咧咧的，还是个孩子，十四岁而已。我记得我很担心他。这时门便开了。有人走出来。突然间我们就将其中一个团团围住——我不知道是怎么回事——谁也没说什么——可突然间我们就堵了上去，像一面墙——一面环形墙。而他在中央。这个人。身材矮胖，眼里满是恐惧，满是疑惑。当我们这一群人逐渐向他迫近时，他的上嘴唇，接连涌出汗珠，一颗接着一颗。愤恨、兴奋，清晰可触，嘴里泛起血腥味。我记得清楚。血腥味道，甜丝丝的，教人透不过气。还有那沉默。喧闹与嘈杂中央的沉默。冷不丁有人拽住他的领带，一条灰领带，狠狠一扯，男人的头也嗖地向前一甩。他的眼睛瞪得老大，而我看到一只只手向他伸去，一只只想要折磨他、撕碎他、杀死他的利爪。这个卖国贼，自以为能出卖我们的国家。而我也伸出手，要掐住他的脖子，要勒死他，我知道我做得到，我也会这么做，只要我的手勾上了他的脖子，我就要杀了他——

戛然而止，马大，好像她已讲完一切，现在一切都再清楚不过。我问她是什么意思，她究竟在说些什么，她只默然。站在那儿，佝偻着背，眼神放空，头发花白而凌乱，两手垂荡在身侧，默然。

"你是在说，你从来就不相信革命吗？"

她直起身，直视我，神情里又现出烦躁，现出愤懑。抛出一句："我相信社会主义的胜利。相信自由、平等、友爱。"

骄傲地看着我，而我的眼前浮现出一只松松垮垮的畸形生物，在床上弯曲蠕扭，哀号一样的叫声。苏莎的儿子。她的孩子。

自由、平等、友爱。

毫不畏惧这些陈词滥调，马大。不得不说。

"那姊妹们呢？"我问。她盯着我。

"姊妹们，"我说，"在友爱当中。在这句闻名遐迩的**兄弟**友爱当中，姊妹们的位置在哪里呢？"

但马大很讨厌这种抠字眼儿的愚蠢行为，认为这种呆话、蠢话根本不值得回答，而且，你在这装什么女权分子呢，尼娜。

声音中的轻蔑，教我抓狂，真受不了马大。可我也没有忘记，苏莎拽着我去维克餐厅^①参加的那次可怕集会。这些成天编织却连织针都不会用的女人，狂热地宣讲着女性经验的重要性，女性角色、母亲角色、呵护角色的光辉与神圣。称其为推动一切事物的核心力量，应当充分评价其价值，强调其地位。这些女人，认为自己能够改变社会境况，拒不接受工作的价值与重要性应以工资来衡量。对事实视而不见，跟我姐姐马大一样。

"那又为何非要特意组建什么女性工会呢？"我反问马大，这位相信兄弟友爱的工人阶级英雄。

而她没有答话，马大，在这昏绿光芒中，她的思绪飘向了别处。我是不是个女权分子，她完全无所谓，完全不关心。又开始喃喃呓语，断断续续，讲着什么尖叫，什么穿透脊髓的声音，而她就蜷坐在楼梯下。只有十二岁，而这声音，那样恐怖。声声呻吟，犹如动物——厨房中爸爸的脚步，来来回回，回回来来，而四下俱寂，沉重而诡异，又被这一声声恐怖的尖叫洞穿。坐在楼梯下，想着五年前，妈妈被人抬在一张沉重的木床里，翻越群山，现在与那时是同一般沉寂。再不能忍受。蹑手蹑脚，走上吱嘎作响的楼梯。来到门边。探进去——十二岁的马大，站在门边，从门缝间窥视。不，不，不，她的思绪里一再回响，却不明白这是何意，她究竟在拒斥什么。只是害怕，深藏着疼痛，凝睇床上的生物，凝睇着妈妈，却认不出她；一只畸形、

---

① 维克餐厅（Hótel Vík）是冰岛女性候选人（Kvennaframboð）与妇女名单（Kvennalistinn）两大女性政党 1981 年至 1988 年间的集会地点。

一只呻吟着的怪物，不停扭曲，想着，它就要裂成两半了，却瞪大眼睛，眼睁睁地看着一个血淋淋的东西，从幽暗秘所推挤、奔冲而出，伴着一声野兽般的嚎叫诞出身形——

出生，死亡，出生，死亡。似钟锤摇荡，来来回回，回回来来，无有止息。

我将破钱包杯子里的凉咖啡一饮而尽。好疲倦。孤单。好孤单。

我亲眼看着你出生，马大说，好像那有什么所谓，好像那能改变些什么，改变所有。

萨拉出生时，我一声没叫。一声呻吟、一声咳嗽也没有。学过呼吸练习，明白尖叫只是对体能的浪费，会阻碍分娩。那时已经不流行尖叫了，不像马大——

——悬垂在脐带上，她说，像一朵血淋淋的花，开在灰粉颜色的柔软花茎上——我的姐姐马大，突然诗兴大发。

我们所有人，悬垂在脐带上——

手表差四分三点，又停了。沉寂。这震耳欲聋的沉寂。只有白色的被子起起伏伏。一上，一下，一上，一下，动作微弱。钟锤。

我想尖叫吗?

思考起流行与时尚来。反思我，尼娜，身着阿玛尼套装，刚在霍特餐厅吃完 dinner①，现在来到维克餐厅，身旁围着一群穿着宽袍的妇女，一群子宫崇拜者。本想在睡前找苏莎喝杯红酒，而她却拖着我来参加这么一个集会。彻彻底底的局外人，跟从前在军事基地抗议者的集会上一模

---

① 英文，晚餐。霍特餐厅（Hótel Holt）是冰岛首都雷克雅未克的一家高级餐厅。

一样。尼娜，身着海豹皮皮草，行走于一群穿着牛仔裤的人们中间。已经把这事给忘了。还有他们脸上的表情。那时已经嫁给了古德永。还是来参加这场集会。为什么？想寻觅些什么？还是要挑衅——向谁挑衅？反正不是古德永。他比我还要反对驻军。

意识形态与时尚流行携手并进？

我试着想象，贵爵埃里克穿牛仔裤与宽袍的模样。或者我的那位前婆婆。欧克塔薇娅。经理夫人。太荒谬了。就像在军事基地抗议者的集会上穿皮草一样。

我分明记得，穿着海豹皮皮草的中产阶级贵妇，在向羊毛衣平民们表达其对反对驻军的支持时，她收获的那些眼神。

包装永远比内容重要。对此了然于胸，尼娜，广告天才。再没有人比她更清楚了。

或许我想尖叫来着。我记不得了。只记得我怀她那时的感受。记得那恐怖的感觉：在我身体里，有个以我为食的生物，扭曲我的形貌，一口一口啃噬着我。在我身体里，有个陌生的生物，它拥有自己的生命，却已将我掌控，剥夺了我的生命——

灵魂，萨拉会说。让这一切变得更加恐怖。

我是想尖叫的，觉得自己就要崩碎，裂为两片。古德永，拖着哭腔，说，尼娜，尼娜，要是我早知道——我给他一个耳光。叫他滚。

我们所有人，悬垂在脐带上——

无法摆脱这幅画面——

深陷泥潭，迷狂地寻觅着养料与交配，我们便可繁殖开来，因着上帝的信填满大地——

一个无意义的幻梦，一个故事——a tale told by an

154

idiot, full of sound and fury[①]——终结于此，无有目的，无从贯连，于这张床上终结。

一个愚人的故事，恰如尼娜的这些故事，她的梦，她的幻觉与想象。凡此一切，皆为逃避，皆为寻觅，狂悖的寻觅——寻觅些什么？

尼娜，坐在这昏绿光芒中，膝上放着一堆纸页。凝视着索尔蒂斯，床上的这个女人，凝视着自己的母亲，尼娜，等待着这床被子不再起伏的那一刻。口鼻间的草木气息教她窒息，没腰的高草欲吞灭一切，满载着丰饶与生命。其下枯草腐臭。草间的残迹。

"为什么？"马大问。"为什么她把披巾给了你？"

马大，穿着棕色旧裙，上面布满褶皱，老旧的开襟毛衣里套一件浅色短袖衬衫。头发凌乱，廉价烫出的波浪粗糙僵硬。想要一个解释，一个目的，想弄明白这故事里的玄机，为其套上合理的形式。认为生活与人们都依循着逻辑，那些有关我们生活的故事亦皆为真实。对此笃信不疑，马大，从不相信革命的女革命家。

站在那里，说："我亲眼看着你出生。"说："你总觊觎我的一切。"列数着尼龙袜、头巾、衬衫，她在家里住的时候，我肯定偷穿偷戴过这些。"什么都不放过。"她说。可我丝毫也不记得。觉得这一切都太不可思议了。从不记得自己何时借过马大的东西——她的品位一直都那么糟糕、那么过时。依然坚称，马大，坚称："你觊觎我的一切，连

————————

① 英文，一个愚人所讲的故事，充满着喧哗和骚动。出自莎士比亚《麦克白》："人生是一个愚人所讲的故事，充满着喧哗和骚动，却找不到一点意义。"

古斯迪也不放过。"浑然不听我的反驳，我的笑声。我，尼娜，觊觎古斯迪！说："你小时候是怎么缠着他的，你以为我忘了吗？"

猛地便记起，尼娜。记起，当一副强壮的手臂挽住她，挽住女孩尼娜，将她拖到客厅里那把绿色的旧椅子上时，她感受到的那种蔓延开来的兴奋。记起，粗硬的胡茬、柔软的嘴，将女孩的嘴唇分隔开来的舌头，而那股湿热的无力感，在全身上下贪婪涌动，禁忌的滋味、猥亵的滋味，无比诱人。记起来了，尼娜，一直都记得，不知所措地将披巾递给马大。希望她接过披巾，希望她来做这披巾的主人，带着它离开。结束这场谈话。

而马大视而不见。不该由这只手递出这古老、无用而废旧的披巾。继续讲着古斯迪。讲着尼娜。讲着早已远去的时光。说："你是怎么假装自己还少不更事的，你以为我忘了吗。后来你回了家，你跟他还有海尔吉，总一起晃荡个没完，就你们三个。嫁给古德永之后还是那个德行。"似乎真以为尼娜对古斯迪有过意思，真以为尼娜垂涎过这个迷人又倒霉的男人——这个怀着作曲家大梦却从没作出过一首曲子、什么工作都干不长久的男人。而尼娜冷冷道："他不也是你从拉切尔那儿抢来的么？他最开始时不是她的朋友么？"马大一激灵，像是挨了一击，说："他们俩之间什么也没有过。"而尼娜说："你就这么确定？"

一向以牙还牙，尼娜——尼娜，贪婪聆听着古斯迪抱怨马大，她不理解他，想要控制他、毁掉他，马大，妻子、母亲、家庭主妇，总逼着他、赶着他，想要改造他，将他改造成另一个人。小家子气的女人，对艺术一窍不通，怀孕个没完，脾气暴躁，不懂快活享乐，满脑子只想着钱，只想着孩子。时而还伏在尼娜的肩头哭泣，古斯迪，说道，要是我能有个你这样的妻子该多好。某些东西便得意扬扬地澎湃起来。

跟海尔吉与古斯迪一起痛饮。后来还有古德永。已忘了他们。这段混沌的时光。这一切在记忆中都模模糊糊。词语的狂欢，情感的泛滥，不时以哭号、呕吐与万般悔疚作结。再正常不过的醉酒而已。不管马大说些什么，其实也没有多么频繁。也绝对没发生过任何不可见人的事。对此不必怀疑，马大。

而古斯迪情绪失控时说的话，仍然残存在记忆深处。痛斥马大，将自己的失意都归咎到她身上。尼娜，从中获得了对自己存在的确认。尼娜，马大的存在与价值观的对立面。满意而贪婪地聆听着，在一旁煽风点火个不停。记得分明，尼娜，坚决以牙还牙。

而马大不经意地点点头，似乎她全都心知肚明，知晓尼娜的背叛，知晓这一切。若有所思地站了片刻，又走到床边去。久久俯视着枕头上的这张脸庞，再一次问道："为什么？"声音低微，似在自言自语，里面含着一丝惊异、一丝疑问、一丝不求答解的淡漠好奇。

抬起眼，看向我。片刻间，我们分立在床的两侧，互相凝望，互相端详，仿佛我们从未见过彼此。我们周围的一切似乎都已停寂，气氛归于宁和，在我们互相凝望的这一瞬，似乎一切都已止息。

她又垂下眼，去看枕头上的这张脸庞，凝睇片晌，将自己的手掌贴在那灰白脸颊上，掌心微拢，似乎想让这触感永远留驻。我忽然间想到，自己从未见过她们二人拥抱，马大和索尔蒂斯，从未见过她们彼此触碰——在此之前。

"古斯迪。"我突然听到自己嘴里迸出这个名字，像个傻子，便不再作声。不知道我要说些什么、我要怎样继续。古斯迪——我没什么好说的。

而马大抽回手，抖抖身子，说："我得走了。"声音坚定，先一步阻绝接下来或许会泛滥的情感，阻绝一切告别式的对决与戏剧性的情节。一直都对诸如此类的东西深恶痛绝，马大，即便这间房间也曾令她迷失须臾。而刚刚那个奇异的瞬间仍然遗下些许痕迹。送来一丝笑意，马大，又说，似乎只是顺带一提："古斯迪没事，从来都没事。"一面从挂钩上取下外套，一件磨得残损的棕色冬袄，跟马大的所有衣服一样，早已过时了。将它穿上，突然一下又站到椅子旁，盯着我手里的这条披巾。我们的目光都向它投去，我们姊妹。我又伸出手，将披巾递给她，想让她带走。而她不耐烦地摇摇头，对尼娜的愚蠢与幼稚无可奈何，表情僵滞了片刻。而蓦然间，她的手轻轻抚过我的脖颈。一点抚触，转瞬即逝，或许只是幻觉，只是臆想。她已走到门口，又转过头，说：

"你刚刚说的那个名字，灵应杯里的名字——其实我一直都知道。"关上门的刹那，她的脸上似有哂笑一闪而过。

差四分三点。一切静止。除了这床被子。仍在起伏。披巾就放在上头。躺在那里。已将披巾物归原主。不想要。从来就不想要。最好她能把这披巾带走，索尔蒂斯。当她离开这里的时候。当她死去的时候。把这披巾带进坟墓。

我的手，冰冷。自打我进入这里，便一直这样，怎么也捂不热。不管我怎样摩擦、怎样揉搓，一直那么冰冷。

那时候海尔吉来告诉我阿德纳尔的事，在我明白过来他到底在说什么之前，在我明白过来他嘴里喃喃着的事故、阿德纳尔是什么意思之前，很久之前，我的手就这么一点点冻结，化成冰块。他只一瞥，我的手便牢牢冻住，此后的许多个月里、许多个年里，都再也没能回暖。我的手。

白色被子，披巾就放在上头，躺在那里，晦暗一摊。

仍不明白，我为何要将这旧披巾带来此处。索尔蒂斯这件不受欢迎的礼物。一场荒谬的若有所感，一阵愚蠢的心血来潮。

"雅各布落葬时，你的高外祖母苏艾娃，就戴着这条披巾。"索尔蒂斯对尼娜说。"接下来是索尔维格，她的女儿。"

"那斯蒂凡的葬礼呢？"尼娜脱口而出。不由自主地问道。虽然她并不关心，尼娜，虽然她的脑袋里想的是其他事情——想着出去闯荡世界。

索尔蒂斯笑笑，说："我没听谁提起过，不过很有可能啊。"又不顾尼娜的反对，一定要她带走披巾，将它放在旅行箱里的衣服上，无视那只将其扫开的手。

而此刻，躺在被子上，索尔蒂斯的被子，躺在那里，这条披巾。已被归还。又回到了它原本的所在。

昏绿光芒中，这张白色的床。十字架悬在床头。黑色。

窗子对面，教堂。这块巨石。于黑暗中放光。从雨中升起，似一座悬崖，一方石殿。外祖母卡特琳的精灵之城，又或是那位巨女，索尔维格沉睡其下的那座悬崖——仍会在雪夜里升腾起舞，起伏巨岩之下一道蜿蜒白柱，合着北极光与星辰的节奏。索尔维格，我的曾外祖母，离家去学那些本不必学的东西。

城市的灯火弥散雾中。一切都不复存在，唯有这间房间，宇宙中的一座孤岛，悬停在黑暗中，双手，冰——

马大，讲起古斯迪，讲起那段早已逝去、我也早已忘却的时日。不愿回忆，这段混沌时日、凌乱时日、整个世界全然倾覆的时日。尼娜，在办公室中工作半日，时而一日，一面又在大学跟听英语和法语。人生的目标深深藏在沙发底——每晚她就睡在沙发上，在马大从前的房间里——贮存在一只盒子里：一摞纸。

跟海尔吉与古斯迪一起痛饮。后来还有古德永。尼娜带着一部无人问津的手稿回家之后的那些年。马大，她干吗又要提起这些，这跟她又有什么干系？

混沌。

记得分明。

这些聚会、这些酒醉。某种物是人非的畸变。绝望地企图唤回尼娜同古德永走出聚会之前、尼娜去闯荡世界、离开阿德纳尔之前的那段时光。他们都心知肚明，尼娜和海尔吉。苦苦寻觅着某些已然终结、已归乌有的东西。

从不谈及，海尔吉与尼娜，从不谈及阿德纳尔，亦从不谈及苏莎。

尼娜、阿德纳尔、海尔吉、苏莎，在尼娜摧毁一切之前，四个人总在一起。阿德纳尔和尼娜开玩笑说，要是他们俩当中有一个出现了，另一个也必定会来，说这是他们俩的心灵感应，属于神秘现象呢。他们俩，海尔吉，言语尖刻戏谑；苏莎，敏感得要命。尼娜从没想过他们俩之间有过些什么、发生过些什么。从没想到过。全神贯注在自己、在阿德纳尔身上。等到他们突然间再不来找他们的时候，尼娜也未曾留意到。那时已开始在商店工作，一切都渐渐倾颓，一切都凌乱起来。夜晚已不再放光。

从不知道发生了什么。或者到底有没有发生过什么。

试过跟苏莎提起，可她装作并未听见，立刻换了话题。太不像苏莎了。只知道海尔吉爱过她。或许依然爱着。至少从未结婚。这些个哽咽酒醉中的其中一次，酩酊烂醉，说漏了嘴。

苏莎，批发商之女，衣食无忧，还有学历，他这种男人能给她什么呢？海尔吉，一个不起眼的工人，没受过教育的可怜虫，只有一艘破渔船上的驾驶资格证明①，还比她大了十岁。"我才不会掉进这种陷阱里，"他拖腔带调地说，努力将游弋着的双眼固定在尼娜身上，"在我的生活里，不可能。""你真可悲，"稍后，等尼娜也醉得差不多的时候，她偶尔便这样说，"真懦弱！都比不上我，北部那座山里多可怕啊。你还记得吗。"海尔吉笑，说："让别人拿着绳子，把我从自己的麻烦里拖出来？我可没那个兴趣。也绝不赏他们这个脸面。"古斯迪说："只要能让我安安静静地作曲子，让人拿绳子拖着我又有何妨。"

古斯迪的曲子。藏在柜子里的人生目标。一摞纸。几杯下肚，尼娜，跟他有了共鸣，听他滔滔不绝地数落马大，在一旁煽风点火。站在正确的一边，尼娜，厌极了女人，厌极了她们的絮叨和牢骚，改不了的浅薄见识还有哀怨声调。坐在古斯迪怀里，欢声笑语，一再煽动，而那诱人的、禁忌的记忆，或许就深深隐匿在某处——

海尔吉和古德永吟着诗句，古斯迪捶着钢琴，尼娜居于中心，同他们每一个人调情，姐夫、丈夫、哥哥，勾引着、挑弄着，转眼又将他们抛弃。享受着权力在握的感觉。海尔吉在她耳畔窃窃道，你真是只小畜生，而尼娜大笑，

---

① 原文作 pungapróf，是一种资格证明，持有者可驾驶最小型的渔船（30 吨以下）。

你以为我们是什么！在古斯迪怀中舞蹈，古斯迪说：这两个人怎么可能是姐妹！而古德永像只孔雀。脖颈高扬。却也从不允许尼娜更进一步。觉得他们比自己这位出身望族的经理之子更加贴近生活——据马大说，索尔蒂斯在一场早被忘记的罢工中所战胜的正是他的家族——觉得他们更加贴近现实。所以古德永才娶了尼娜。想要更加靠近现实。跟苏莎一样，认为现实是分层的。愈往上的层级就愈薄。

一切终结于他们打起来的那一夜。我们躺在沙发上，狂怒的海尔吉，将古斯迪从沙发上拽起，拽进走廊，拖进客厅。拳打脚踢，一下又一下，不顾尼娜的喊叫，他怎么回事，他疯了吗，只死命殴打着古斯迪，残忍、疯狂，怒目切齿。尼娜的声音，骚动中的无力低语，而古德永坐在皮椅上，一个看客，拒不干涉，绅士古德永；尼娜冲他尖叫，快让他们住手呀，快让他们住手呀。哑色长毛毯上，血迹。海尔吉的声音，呼哧咆哮，两个你还不够，还要第三个。拳声隆隆，击在古斯迪的脸上与身上。他也不反抗，只将手遮在脸前，血从嘴角淌出，从眉毛一边的伤口涌出。海尔吉发狂了，疯癫了，打啊打啊，因为这个，因为那个，因为你对马大抱怨不停，因为你对尼娜动手动脚，这是为了马大，就冲你是怎么对她的，你他妈的混蛋——

终结于此。我们再没提过这个夜晚。忘记了。却不再见面了。不再一起醉酒了。再不可能了。

马大，只字未提那次打架事件。教我意外。以为她会提起的。

古斯迪在急诊室处理完伤口，他们便把他送回了家，送回她那儿，海尔吉和古德永。

而她只字未提，我一直在等着她提起，她却只字未提。

教我意外，马大，一反常态，教我迷惑。

出门时向我抛来一丝哂笑。一丝挑逗的哂笑。

家里公认的事实：马大不会开玩笑，一丝幽默感也没有，所有事情都看得太过认真。

却仍会哂笑。

这么说，或许我根本就不了解马大，从未了解过她——女革命家、说教家、我的姐姐，马大。

刚刚我们之间的那一刻，一切静止的那一刻。她和我，分立在床的两头。宁静环绕着我们。真诡异。

风暴中央、旋风中央的宁静，一切皆旋入一点；在这神秘的瞬间，生命放缓步调，一切都变得那么清晰。仿佛映现出另一个维度、另一种领悟，揭开了某些从前未知的真相与现实的一角；未知，却从来都在场——

或许，生命便是由这样的瞬间组构而成，并非那些宏大的事件，而是这些幽沈的时刻——

记得他们打得激烈，而我站在客厅书架旁，迷惘，不再尖叫，等待着。拳头纷纷击下，而唱片机上，詹尼斯·乔普林 [①] 在高歌。一个感觉：这一切从前都经历过，在什么地方，这一切从前都经历过。诡异的感觉。站着、等着，拳头击在肉体上的闷沉声响，那粗粝、嘶哑的声音唱个不停，而乍然间，喧嚣骤停，沉寂。我便恍然大悟，海尔吉打的不是古斯迪，他打的是我，是尼娜，自己的妹妹，尼娜。落在古斯迪身上的拳头全是冲着她来的。我都知道。还知

---

① 詹尼斯·乔普林（Janis Joplin, 1943—1970）是美国著名的摇滚女歌手。

道，我从未见过那个真正的海尔吉，我根本就不了解他，此刻才第一次真真切切地看清他。

海尔吉。

他。此前只是尼娜的一个舞台道具。就像劳鲁斯之于埃里克那般。

哥哥。从前无论尼娜做什么，他都永远支持她——

布景道具有了生命。多可怕。

海尔吉。此后便将尼娜推开。退出。愈来愈少出现。再一次到来，是为了告诉尼娜阿德纳尔的事，那场事故，希望她跟自己一起参加葬礼——

索尔蒂斯，那些个混沌年头里，对尼娜不置一词。放任她自流。而她的眼睛还是注视着她，知晓发生的一切。在这房间里，仍注视着我。她的眼睛。无论我在哪，总能感到她的目光落在我身上。虽然我也知道，这是想象，是幻觉。知道她的眼睛紧紧闭着。

那些年里的事情，我记得模糊。困锁在马大的房间里。总想搬走，却一直没搬。去办公室上班，去大学上课，晚上通常都在外面——总在奔忙，没时间找房间、找公寓。也没那个条件。

忙着清偿我的梦想，我的法兰西奇遇。也夹杂着某种骄傲，想向马大证明，尼娜会偿清自己的梦想。海尔吉却不肯，一分钱也不愿接受，而索尔蒂斯只是笑笑。最后才同意我接手一笔她需要支付的银行贷款。仅此而已。却也足以让我在头两年里一文不名，陷入债券危机。或许正因为此，我嫁给古德永后就去上了工商管理课。想学学钱财之道。学学推动一切事物的核心力量。后来当然不了了之了。又一次异想天开而已。一年后就放弃了。什么也没学到。

内心的空虚，我记得分明。这无法摆脱的空虚，无处不在，毫不留情。记得分明。

尼娜，回家后便行坐不安。试图去捕捉些什么，为存在赋予某种意义，不明白到底发生了什么，她这是陷入了哪般境地。早上醒来时，偶尔自信不疑，这一切都是梦，都从未发生过，一个噩梦而已。等到回过神来，便又明了这一切都是事实，也全都发生过：她就在这里，孤身一人，人生目标深深藏在沙发底下。一摞无足轻重的纸页。分文不值。

办公室女郎尼娜，大学跟读生尼娜，厄于一张挣脱不得的网里，一张灰暗而坚固的网，日复一日，愈缠愈紧。

都懒得去当一个被误解的天才。

那段时间，唯有一次，索尔蒂斯痛骂了尼娜一顿，同她讲起道理，狠狠训斥了她。那天晚上，早早离开清洁岗位回家来，到处找尼娜。发现她坐在地下室的洗衣房里。从前许多年里，食客还有其他人的无数件衣服就是在那儿洗好的。忽然间便出现在门口，索尔蒂斯，盯着坐在旧洗衣缸旁的一张木板凳上的尼娜。给缸生上了火，尼娜，坐在旁边，身旁是一只棕色的盒子。掏出里面的笔记本、备忘录、纸页，整整齐齐地挨个儿撕成碎片，随即塞进炉栅里。盯着纸页在炉火中渐渐弯折，化为灰烬。一摞深埋在沙发底下的无用纸页。将它们从那藏匿之所中拖出，要一点点地撕碎，抛入火焰中焚毁。尼娜，总是那么戏剧化。

不记得她说了些什么，只记得她把盒子抢了过去，捧着它上了楼。不清楚她是怎么处理的。从没问过。

也是那一晚，尼娜又遇见了古德永。

尼娜，两手空空，跟在索尔蒂斯身后踱上楼去，途中碰见马大，跟她吵了一通。不记得是因为什么了。也许是政治吧。或者想必是：尼娜的可鄙，尼娜的挥霍，尼娜买衣服，尼娜吃喝玩乐。却分明记得，她们两个站在厨房里，都死死盯着我，马大和索尔蒂斯，永远那么自信，永远适得其所。她们背后，两尊巨像，两个大胡子，她们所仰赖的两个神话、两尊神明——马克思与耶和华。

也是这么对她们说的，尼娜，摔上门跑了出去。去了努斯特餐厅①的酒吧。在那儿碰见了古德永。嫁给了他。跟他一起生活了七年。

偶然。如是而已。生活，不过是纯粹的偶然。

努斯特餐厅的酒吧。我是跟谁一起去的？苏莎吗？想必。那么当时与她同居的那位天才想必也一起同行了。雕塑家？画家？不记得了。反正是个天才。苏莎的情人大多都是天才。不记得他的名字了，不过跟苏莎的其他那些天才一样，他也是虚有其表罢了，没有才华又爱酗酒。而苏莎一心忙着拯救他，认为自己此举也是为这世界奉献一份礼物。于是她又一次放弃了画画。满脑子为他着想，说："我最多不过成个二流画家，尼娜，我很清楚的。我的才华有限。可是他还有可能啊。他是有才华的。"便任由他压榨她、

---

① 努斯特餐厅（Naustið）是雷克雅未克昔日的著名餐厅，"努斯特"意为"船库"。二层酒吧由冰岛著名画家约翰内斯·科雅瓦尔（Jóhannes Kjarval, 1885—1972）设计。餐厅已于2006年停业。

殴打她、侮辱她。一切都为了这点禀赋、这点才华。

没错，我是同他们一起去的。现在记起来了。一个无可救药的家伙，不是想着一起睡了我们两个，就是禁止苏莎跟我见面，叫嚣说我们两个是同性恋。

我坐在吧台，思索着苏莎、马大、索尔蒂斯，还有时而在她们脸上看到的这抹微笑，这抹总教我恼怒、教我愤慨的女性微笑。坐在那里，思索着这抹微笑，还有黑色炉栅后的那团火焰，熊熊燃烧，将纸张焚灭。我冲着吧台桌暗暗地笑。索尔蒂斯的话翻飞着——轻言放弃，缺乏毅力，放弃你所得的才干，这是不可饶恕的罪孽——却不能靠近我。空虚，却并不难过，反而很快活。又点了一杯马提尼，聆听周围人们的谈话——艺术家及其拥趸，知识分子，其中的几张面孔我还认得，很熟悉这些话语、这些对话。

女孩们。也很熟悉她们。坐在那里的每一个女孩，都沉静、甜美、洋溢着青春，仰望着这些男人被创作、被艺术摧折过的沧桑脸庞，眼眸里溢满崇拜、盈满敬畏。渴望成为他们的缪斯女神、艺术女神，成为他们的灵感之源，让自己的名字被写进传记当中：是她，是她，我要感谢她，催生出这首诗歌、这篇小说、这幅画作、这首乐曲。带我走吧，带**我**走吧，一张张温驯的脸庞苦叫道，上面写满同情、崇敬与理解；相信他们这些为艺术奉献一切的人，一定过着窘困而艰难的生活，大多数还一定让愚蠢的女人和聒噪的孩子给牵绊住。睡在我身旁吧，用你的灵魂来填满我吧，相信他们的精子必定异于常人，他们的呕吐物与鼾声也定是与众不同。

坐在吧台旁，凝视着女孩们的美丽脸庞。苏莎在跟某位画家的妻子聊天，二人表情严肃，我听不见她们在谈

167

什么。画家妻子高挺着肚子，在座位里蠕来蠕去，显然难受得紧。苏莎的雕塑家先生已将酒吧里最可爱的女孩揽入怀中，一边激动地同身旁的男人讲话，一边又漫不经心地揉捏女孩的一只乳房。

如梦似幻的氛围。楼下大厅里飘来音乐，披头士的歌曲于烟缭雾绕间飘荡，零星的词句纷至沓来：毕加索简直太被高估了……小说已死……烦透了这些存在主义鬼话……他的作品全是些瘠薄的自然诗……如果你去看看普鲁斯特、卡夫卡，当然还有罗伯 - 格里耶……还有，我们要这些描绘自然的诗歌做什么……我代表自己说两句，法国的 nouvea roman①……显然已成为历史……

谈话、笑声、尖叫，某处有某人在哼《三角钱歌剧》中尖刀麦基②的唱段，声音沙哑而色情，全不似罗特·莲娜③，却不知怎的听不出性别，一个矛盾的声音。而一个义愤的女孩声音：毕加索太被高估了！显然是新来的，不知道她应当闭嘴才是。

坐在那儿，用食指缓缓摩挲着酒杯边缘。谈话、音乐、耳际的嗡响，而我身旁某处，这个哼鸣声音，熟悉的声音，从前听过，而在其背后，索尔蒂斯的话语仿若伴奏：那样是不对的。而我暗自想，我该，还是不该呢？

决定不该。徐徐向旁边看去，感到笑容在我脸上荡漾开来。在这不出所料的无聊夜晚，我向一抹微漠的冷笑看

---

① 法语，新小说。
② 《三角钱歌剧》是德国剧作家布莱希特（Bertolt Brecht，1898—1956）的名作，尖刀麦基是剧中的主人公。
③ 罗特·莲娜（Lotte Lenya, 1898—1981）生于奥匈帝国，是 20世纪著名女演员，曾出演《三角钱歌剧》。

去，向古德永看去——

双手，冰。无论我怎样揉搓。越来越冷。而玛格列特总到门口来。在门口出现，向里面探看。两次来到床边，披披被子，检查插管。仔细端详躺在那里的她。余光又瞥向我。假装自己并未看到那条披巾。

什么也没说。

只是到门口来，向里探看。

就好像这里发生了什么事、变了个什么样似的。某些正在发生，而我却浑然不知的事情。

可这里一切如旧，没什么好看的。只有一张灰白脸孔，静默地躺在枕头上。一床缓慢起伏的被子——

古德永，常常来看索尔蒂斯。跟苏莎一样。认为自己在石头村的后房里寻觅到了某些别处没有的东西。

本该告诉他的。

七年。

那些年。记得模糊。

聚会、旅行、心中渴求的一切，我们的婚姻。所有这一切，还有无与伦比的性生活。应该足够了。按照尼娜的计算。

古德永，完美丈夫。尼娜，律师夫人。蜜月旅行时，却把他一个人丢下。我们在巴黎，碰到一群嬉皮士，跟他们一起晃荡了几天。一次抽多了大麻，尼娜便丢下他跑了。去了威尼斯。跟那群嬉皮士。

当他在圣马可广场上出现时，他的脸庞。记得分明。还是在鱼市场？不记得了。此后再也没偷偷溜走过。尼娜。再也没碰过大麻。

看到阿德纳尔的那幅巨作时，他的微笑。将画摆放在客厅最显眼的位置，尼娜。在房子里挂满画。离婚后又全部带走。全部。除了阿德纳尔的那幅。

古德永。微笑、礼貌、教养，对生活的厌倦、对自身现实的怀疑。勾起尼娜的残酷一面。

微漠的冷笑。从前那个不出所料的夜晚里的一丝转机，很快便让尼娜忍无可忍。古德永对世界、对一切使出的这抹笑容。一直都不甚清楚，它到底是何意，他在嘲讽些什么，我们俩中的哪一个。

直到许久以后，我才辨出了那笑容里的痛苦。

本该告诉他的。

在门阶上号啕的破钱包。她的气味。此刻，她的这幅形象，为何总在我眼前萦绕不去。不懂。

当我说要离婚时，古德永的脸庞。

苏莎，眼圈乌青，瘦得只剩皮包骨头，被人渣雕塑家榨得精光。说："是，可是尼娜，你不能嫁给他啊，你不爱他啊。"跟马大、跟索尔蒂斯一样，身旁也立着一尊神话：厄洛斯那个小童，塔纳托斯①的假身。尼娜笑道："你可真是个宣扬爱情的好榜样啊，苏莎。"

那也叫婚姻？索尔蒂斯说。她，曾有一次离开了自己的丈夫、离开了我的父亲的她。到另一片海湾，到哥哥尼古劳斯那儿待了两个月。

一个夏日，翻山越岭，拖着奥德尼和拉切尔，离开了两个月。

---

① 厄洛斯（Eros）是希腊神话中的爱神，塔纳托斯（Þanatos）是希腊神话中的死神。

170

在给马利亚的信里，卡特琳，她们的母亲，并未提及此事。那封我在马利亚的旧书桌里发现的信。因为索尔蒂斯那时已经归来，又怀了孕。怀着一对双胞胎死胎。或许翻越群山的那一天就已怀了孕。

"她从来都不愿跟我谈这件事。"马利亚同尼娜说。"我妹妹索尔蒂斯，她总那么神秘。"

而当尼娜讲起此事时，马大嗤之以鼻，说自己不想听她胡言乱语。就连海尔吉也恼恼起来，不懂尼娜干吗要听马利亚的这些故事，她那个老太太早就老糊涂了；这些都是瞎说八道，爸爸和妈妈的感情一直很好，尼娜没什么好怀疑的。诸如此类的话。

可她的确离开过。她，相信女人是家里的主心骨的她。离家出走，离开自己的丈夫，却轻蔑地评点起尼娜的婚姻。说：那也叫婚姻？

还是说，她并未离开过？

可她默然不答，再也不会回答了。躺在那里，一动不动，沉默——我用冰冷的手指去触摸，她的手还温热着。停靠在这暖意上，却又即刻抽回手来。此间的片刻，她的手一动不动。

为我端来破钱包的咖啡的，很可能就是这只手。

披巾。白色被子上的晦暗一摊。床头桌上，花朵。在这昏绿光芒中灼亮。劳鲁斯和埃里克的花。盯着这些花朵，一抹同这里格格不入的绚烂。你母亲最喜欢的花，埃里克说。在我眼前，一朵花掉在桌面上，落在咖啡杯旁。只一瞬间，便萎缩、干枯，殁了颜色。

我拿起它，端详片刻，又用指尖捻碎。它的气息那么浓郁，弥散在整间房间里。又混着另一种气息，引我遐思——教我想起没腰的高草、太阳与海洋的浓重气息，想起地上枯草的腐气。

那片海湾。死亡从我的面颊摩挲而过。

家里，索尔蒂斯总这么说。教女孩尼娜大惑不解，动摇其根基。因为家，是石头城里的一间小后房，才不是什么山遥水远的地方，一定是这样。可索尔蒂斯仍不改口。从来都说"家里"。哪怕她已经在雷克雅未克住了四十多年，还不算在埃里村的那些时候。家里。在海湾的家里。而在尼娜、海尔吉、阿德纳尔那场旅行的十五年后，当海尔吉和奥德尼主动提出，陪索尔蒂斯一起重返海湾时，她只是笑。海尔吉和奥德尼，详尽规划好了一切，以期为她提供一切便利。可索尔蒂斯谢绝了。笑道，那没有意义。记得她用了那个字眼。

没有意义。

海湾，这间房间——

这里的沉寂，震耳欲聋，无止无尽，有如从前海湾中的没腰高草一般，将一切吞噬——企图用词语、碎片或枝桠去填充它，却是无谓的尝试，徒劳无功——这沉寂，将一切囫囵吞没，食髓知味的杂食者，埋伏于词语之后，于每一幅画面之后，埋伏着。

眼前，残损的纸页在火焰中弯折、蠕动，似一窝肉蛇，想着：原来劳鲁斯才是那个诗人。好孤单，好疲倦，纸页化为灰烬，海尔吉说：出事了，那时他的脸庞——又或许是弗丽德梅的脸庞——耳际，海的声音，我闭上眼，惶乱间，抓住被子上的这只手，抓住，却又即刻放开，像被灼伤了一般。

172

海的声音——

坐在教堂里，尼娜，坐在那里，一个小女孩，穿着崭新的蓝色外套。天鹅绒衣领，镶边口袋。长椅坚硬，硌得她屁股生疼，双脚垂荡在半空中，不能着地。在她身旁，妈妈，民族盛装外裹着礼服外套，而另一侧，海尔吉、马大、拉切尔和奥德尼。他们面前，花朵，还有一个穿黑袍的男人。讲着什么大地上的盐[1]，讲啊讲啊，而尼娜不再听下去，不懂他到底在说些什么，自打妈妈来告诉她，爸爸去了上帝那里，她便一直迷惑。不相信，尼娜，知道爸爸会回来的。没有跟上帝在一起，爸爸不会的，因为尼娜和妈妈这儿要好得多，有趣得多，在上帝那里肯定没人玩纸牌[2]，肯定没人读故事。尼娜想着，等爸爸回来，自己一定要给他瞧瞧这件新外套。他离开以后，妈妈连夜缝制出来的这件外套。一心想着自己对此的憧憬，便不用再听这个男人喋喋讲什么大地上的盐，就好像他不知道大海才是咸的，不是大地，是大海——

而尼娜并没在想大海，没有想过，没有，因为爸爸没去海里，根本不像地下室的那个女人跟街角糖果商店的老板说的那样。她是个巫婆，是个坏巫婆，这个女人，阿达黑德，有时还会给尼娜几颗糖果，装出一副好人模样，而

---

① 《马太福音》5∶13："你们是世上的盐。盐若失了味，怎能叫他再咸呢？以后无用，不过丢在外面，被人践踏了。"

② 原文作 langavitleysa，冰岛儿童常玩的纸牌游戏。需提前抽出一张牌，其花色即定为主牌，再为两人平均分牌，牌堆倒扣。分别由上至下亮牌，直至主牌花色出现。未出主牌花色的一方需弃出数张纸牌——如主牌花色为红桃，弃5张；K，弃4张；Q，弃3张；J，弃2张；其余，弃1张，而另一方将所有牌收归己有。以此类推，最先用完手中纸牌的一方输。

现在，她就坐在他们身后，用手绢擤着鼻涕。巫婆，撒谎的坏巫婆。

爸爸是水手，是水里的一只大手，而尼娜又听到了妈妈的笑声，在爸爸向尼娜解释的时候，他们二人的笑声。听到他们说，他真幸运，二哥尼古劳斯能为他搞到这个位置，一切都有救了。二哥尼古劳斯，像一只黑鸟，拯救一切，而妈妈说，可是这个劳西哥哥，信教之后怎么变得这么没劲，而爸爸责备她，说，嘘，这是什么话。不喜欢别人讲尼古劳斯的坏话，这个拯救了一切的沉闷男人、严肃男人。

水手，水中的大手。尼娜用余光瞟着妈妈，想告诉她，爸爸会回来的，她不用在夜里、在自以为没人能听得见的时候哭泣。哭泣，妈妈，就像他们搬来南部之前的那段时间。想对妈妈耳语，坐在那里、神色严厉的妈妈；牧师讲着什么黑暗山谷①时，她双唇紧闭，好像很愤怒。而尼娜听到他一直讲大地、讲山谷，便松了口气，虽然她一点也不喜欢黑暗这个词。我虽然行过死荫的幽谷，他说，也不怕遭害。因为你与我同在。你的杖，你的竿，都安慰我。

而突然间，尼娜坐不住了。她的肚子好痛。虽然她努力去想黑暗山谷里的这根安慰之杖、安慰之竿，但还是无济于事。妈妈推了推她，以示警告。而她从椅背与座位之间的空隙里悄悄钻出去，跌在地板上的这些脚上，她从这些穿着黑鞋的脚上疾疾爬过，爬到长椅之间的红色中央走道上。她的鼻子里充满鞋油、花朵与盛装的气息，却也

---

① 见《诗篇》23：4："我虽然行过死荫的幽谷，也不怕遭害。因为你与我同在。你的杖，你的竿，都安慰我。"

有海、盐与泪水的气息。她跑下走道，一直跑到大门前，而海尔吉的手抓住她的肩——

正在狂奔的小女孩，身后是一个久久追赶着她的梦。永远是那同一个梦。又来到这条红色走道上，周围尽是哭泣的泪人。而尼娜不哭。她知道，自己没有理由要哭，没有人溺死，爸爸没有，其他人也没有。没有人溺死，因为这个词并不存在，只是邪恶的巫婆和糖果店的巫师为了让人们哭，而捏造出来、混进其他词语里的丑陋字眼。是个无用的词，被摧毁的词。已经消失了。追悼也是。它也是一个巫咒，而她手中所持的杖与竿已将其禁止、将其粉碎。因为，如果这个词并不存在，那么**这一切**也就都不存在。她说。笑了起来。一下子特别开心。人们也全都微笑起来，而就在此刻，巫婆夫妇出现了，坏巫婆和那个男人。他们尖声大笑，伸出爪子，教堂便轰然消失，而尼娜独自一人，站在红色海滩上，盯着大海后撤，又看到它恐怖地高高升起，化作一道巨浪，汹涌扑来——

爸爸。

关于他，只有些朦胧的印象、记忆与幻想。想着自己或许错失了什么。

一个留着小胡子的年轻男子，表情严肃，站在一把椅子旁，这种棕褐色老照片上都有的那类椅子。特别严厉，马大说，几乎从不过问我们孩子的事，除了禁止我们做这做那。爱发脾气，奥德尼说，心也狠，有一次用湿的皮手套把海尔吉打得青一块紫一块的，直到妈妈过来把他拽走，他才停手。而妈妈给尼娜看过几个破破烂烂的笔记本，坚硬的封皮上杂色斑驳。里面是诗歌一类的，他为了缓和内心而写的东西。她说。小心地翻着这些旧书本。

全都不是尼娜熟悉的那幅形象。

严厉的爸爸、爱发脾气的爸爸、诗人爸爸。爸爸，教尼娜"我们的天父"，而女孩尼娜想着，这种以她父亲来命名的甜，一定是世界上最美妙的滋味。

她总到门口来干什么？

这里没有红色的走道，禁止奔跑——

我盯着枕头上的这张脸庞。仔仔细细地端详着它，这张我无比熟悉的灰白脸庞，所有脸庞中同我最亲近的一张。眼睛紧闭，并没在注视我，只是想象。脸上些许抽搐，或许是笑容的前兆。当然不是。眉毛之间，两道深邃的褶皱。似乎更深了。尼娜，偶尔会抚摸妈妈额头上的皱纹。还有眉毛之间的那道怒纹。只有一道。又长又深。后来却增加了一道。在南下的船上注意到这两道怒纹，尼娜，觉得好不可思议。一道崭新的长纹，突然间出现。想问问妈妈，她在愤怒什么。可爸爸的怀里那么温暖，船只的移动好生奇怪，像身体里的睡眠，大海又哼吟着奇异的歌谣：美丽美丽，海中鱼——嗖嗖地唱着——鱼尾空中腾，肚上一团红，肚上一团红——一起一落，魅惑，恐怖——当心，当心，小心你的手——或者那不是大海？——小心你的手，尼娜，伸手，缩手，一击起又落①——

_____

① 这是一首冰岛童谣，配合游戏吟诵。一个孩子将自己的手放在另一人或另两人的手上，随着最后一句"一击起又落"，另一方的手掌下击，而作为主玩家的孩子要试着快速将手抽回。

门口，她又站在父亲身边，扯着头上的短马尾，努力想把辫子解开，早上妈妈编得太紧了，绷得她脖子痛。拉切尔从首都带回来的红丝带在阳光中闪耀，可如今丝带也缓解不了这疼痛。她用手指摆弄着，食指插进辫子根部，拉扯着，却越扯越坏。

"该死。"女孩尼娜大声道，而爸爸好像没听见，虽然这是一个爸爸绝不容许她说的词。

"干。"她小声了些。她所知道的最肮脏的字眼。等着父亲的手抓住自己的肩膀、摇晃自己，等着一切重归正常。而他依然站在那儿，眺望着远处。她不知道他在望些什么。听不见尼娜。

女孩尼娜不再言语。恐惧。眼睛寻觅着母亲的踪影，迈着沉重步伐走下草地的母亲。她想喊住她，却不敢，今早妈妈就是这样的神情。她便敲起门旁那块松动的波形铁片，聆听这沉寂中的隆隆声响，又敲起来。可没有用。这便是所谓的离开。

"离开，去哪？"她问妈妈。

"去南部的首都。"妈妈说。

"富足之地。"霍尔的老彼得说。嘴巴抿进胡子里，似乎很生气。不会离开。他。曾给过尼娜一颗闪闪发亮的金太阳，马大说是两克朗，整整两克朗。尼娜留着这颗太阳，留着这枚钱币，要用它买来富足，老彼得口中南部首都的富足。或者买糖也成。

"为什么？"尼娜问，却没得到答案。所有人的脸，阴沉而愤怒，不回答任何问题，也听不见。就像爸爸。

而女孩尼娜又敲起铁皮，看着阳光下的一座座农场，

蜷伏于鲱鱼工场 ① 的硕大烟囱下。恨恨地盯着这根烟囱。不知怎的，怀疑这一切的消失与离散，都缘于这根丑陋、无用的烟囱，还有他们称之为战争、驻军、鲱鱼的种种，也都是因它而起。她并不在乎，可是阿巴、阿斑、沃菲不同啊——

离开也意味着，一天早上醒来，山羊阿巴从草地上消失了，去找它，可没人知道它在哪儿。奶牛阿斑也不见了，阿巴和阿斑都不见了。所有人、所有东西都一下子消失，就像被施了法术似的。而尼娜还是找啊找啊，因为她知道，阿巴想喝奶了，还要给阿斑挤奶呢。妈妈在那牛棚的温馨暖意中，坐在小板凳上；妈妈挤压这些有如肥硕、肿胀的手指一般的奇异乳头，牛奶喷溅而出；妈妈将头靠在阿斑的宽阔肚子上，静靠半晌，闭上眼睛，而阿斑哞哞低叫着，好像在说，一切都好，一切都好——这些景象，她再也看不到了。

这便是所谓的离开。

还有跟妈妈一起，在黑暗中长途跋涉，一段可怕的路途，最终进入墓园。那里的一把白色的十字架下，躺着尼娜从不知晓的外公和外婆。还有小宝贝，深埋在地下，但与上帝同在，不知为何，也与妈妈夜里的哭泣有关，每当以为所有人都睡着了、无人会听得见的时候，便哭泣起来的妈妈。

而有一天，突然出现了一根长长的黑色杆子，形状奇特。

---

① 20世纪上半期，冰岛北部、西峡湾海域出现过规模相当庞大的鲱鱼汛。埃里村的鲱鱼加工业始于1915年，1942年至1944年期间还开办了鲱鱼工场。而鲱鱼于20世纪中期已消失殆尽，埃里村的鲱鱼工场也于1952年倒闭。

一根危险的杆子，名为枪，除了爸爸，谁也不许靠近。

它也跟离开有关。

还有，忽然间所有人都聚集到客厅，只有爸爸不在。而尼娜听到沃菲不停地狂吠、呜咽。她想跑出去，因为任何魔法都不会伤害沃菲，不能伤害沃菲。而妈妈抓住她，将她一把揽进怀里，开始说，沃菲老啦、累啦，需要休息啦，而尼娜此生从未听过这样的胡话，沃菲一点也不老，它还是世界上最好的狗儿。妈妈明明跟她一样清楚。海尔吉在读《巴希尔王》，或是《无敌佩西》①，可尼娜看到他的书都拿反了。拉切尔转过脸去，马大在号啕大哭，从来不哭的马大。而尼娜诧异道，你在哭什么呀，而就在那一刹那，一击猛然落下，恐怖的爆响，令人屏息，仿佛滚滚碎石飞落山坡，砸击在这房子、这客厅上。

这便是所谓的离开。

门口，站在爸爸身边，看着妈妈走下草地——如果那是妈妈的话——这个老女人猛地转身，一点也不像妈妈。耳朵里回荡着爆响，夺人呼吸的山石，而身后是这空空如也的房子，一切都已消失，一切都已隐没，只剩客厅里爸爸的那张大雕花写字桌，还有厨房里那只一烧开水便尖叫起来的水壶。虽然无人告诉过她，可尼娜还是知道，那只水壶、那张写字桌会在这里一直等候他们。它们属于另一种魔法，与那改变一切、抹去一切的魔法针锋相对。以魔法对抗魔法。以让他们再度归来。

忽然间却惊恐万分。想到海尔吉那天为她读的故事，

---

① 《巴希尔王》（Basil fursti）、《无敌佩西》（Percy hinn ósigrandi）均为冰岛的翻译儿童读物。

罗德及其妻女①。一个无比恐怖的故事，听完后，她不得不紧紧抓着妈妈的围裙，很久也不肯松手。泪眼婆娑，问："她为什么变成了盐柱？"被这种残酷、这种她全然无法理解的命运惊得目瞪口呆。妈妈揉着面团，手中的面团在桌上发出沉闷的声响，答案困在某个地方，被揉进面团当中。"因为悲伤。"最后，她答道。"你没发现么，眼泪就是咸的。"尼娜伸出舌头，去舔颊上的眼泪，尝到一股浓郁而苦涩的咸味，想着那片泪海，将一个活生生的女人变为盐柱——

　　一幅画面无比清晰：她的母亲步履沉重，脊背弯曲，好似负着重担，载着大包小裹，走下草地，朝海滩上等待船只的人群走去。她的父亲站在门口，尼娜在其身旁，小女孩尼娜，紧闭双眼，祈求妈妈千万不要回头，爸爸也是。祈求他们千万不要变成盐柱。

　　另一幅画面：他们站在海滩上，置身于众人之间，大家都在等待船只。四周环绕着箱子、袋子、大包小裹。直到许久以后，在电视屏幕上，尼娜才重又认出自己在海滩众人的脸上见过的那种表情，或许也是她自己脸上的表情。

---

① 《创世纪》中记载，耶和华派天使去毁灭所多玛城和蛾摩拉城，而亚伯拉罕为所多玛祈求，如果城内有 10 个义人，便不剿灭那城。两位天使降临在所多玛城后，罗德上前迎接，为其准备筵席，而其余城中其余居民围住罗德家，要求他交出此二人。罗德请求他们不要对客人动手，预备献出自己的处女女儿，而天使将罗德的家门关上，通知他带领其亲眷，于天亮时离开所多玛城。天使嘱咐道："领他们出来以后，就说，逃命吧，不可回头看，也不可在平原站住。要往山上逃跑，免得你被剿灭。"（19:17）罗德离开，到达琐珥，硫黄与火同时降临在所多玛和蛾摩拉，毁灭了一切。而罗德的妻子向后一望，就变成了盐柱。

电视屏幕上，那些流离失所之人的脸，那些难民的脸。那些无以为家的人们。

海的声音——

我在想：子夜时分，她去海滩做什么？我知道答案，无须再问。

海的声音，而时间又成了一条能够随着意思踏入的河流，当幅幅画面从眼前飞驰而过时，这条激流也奔腾向前。尼娜，红色走道上的女孩：如果这个词并不存在，那么**这一切**也就都不存在。识得词语的力量，识得那钢索之舞，那万丈深渊。却忘记了开头，尼娜，红色海滩上的女孩。

站在逼仄海湾的石滩上。盯着海浪将一具鸟尸慢慢卷挟上岸。远处传来一声哀泣。而猝然间，鸟儿变成他的头颅，他，消失了、抛下了红色走道上的小女孩的他，**溺亡**了的他。她转过身去，逃离海浪中的鸟儿与那农场的废墟，逃离这张床、这昏绿的光芒，还有没腰高草间的呢喃低语。曾自以为能够掌控词语，能够牢牢钉住现实——这块总在游离的滑铝，以为能够凭着意思编排现实，而海潮绝不会汹涌泛溢。浑然不知与词语际会的凶险，不知其威力与魔力，自以为能为其设定畛域。自以为能坐于词语之堆中，从中恣意拣选出恰合自己、恰合自己生活的那些词语。

尼娜，在高草间抿着白兰地。以为自己无须体味风的歌谣、浪的诗篇、大地的生命、血液间的私语，也定能潜入那世界背后的世界；而腐烂、恐惧、欲望与憎恨的气息，亦不过是嬉闹舌尖的词语。恰如自由、爱情、美、希望、信仰这些滑稽词语。嬉闹舌尖的词语。如此而已。

无有骑着苍白马匹的黑衣骑士，他的颈上亦无有白斑，

181

口中无有歌谣，你岂未看到，你岂未看到——

尼娜，对此等迷信不屑一顾，属于那炸弹的世界，而非绿草延绵的国土，漠视这般虚妄荒唐之言。知道什么存在、什么不存在，无处安放一件过时的破烂，一件过去的遗物。逃离那使词语成真的力量，逃离逼仄的海湾与昏绿光芒中的白床，逃离躺在床上的她。还有他，已然临降至此的他，从苍白马背上跃下，与我并肩站立——那来客，那歌吟不停的骑士，你岂未看到，你岂未看到——

我看到了。

我的耳际，草间的低语，抑或海的声音，又或是埃里克所说的风？那只听得见响声，却不晓得从哪里来、往哪里去的风。我觉得自己在沉沉坠落，死死攥住这些纸页、这摞纸堆，拼命攥住，我说："他们向你问好。劳鲁斯和埃里克。他们都衷心向你问好。还有钱包。她也是。"

我松开手，小心翼翼地放下，这些纸页——

一架飞机驶过。隆隆轰鸣，空气震颤。天将破晓。这一夜的至暗时刻已然结束。这一切也已结束，我一直等待着、恐惧着的**这一切**。**这一切**。都结束了。

而我仍坐在这里。这把坚硬的椅子里。坐在床边，盯着烛火。被子静止，不再起伏。

萨拉去接马大了，她的特拉贝特在回家路上出了故障。还有奥德尼，他也快到了。萨拉给他们打了电话。已告知了他们。海尔吉还在海上漂泊，几天后才会回来。拉切尔还困在北部的农场上。真希望他们都在这儿。我盯着被子。静止不动。

萨拉来过。霎眼间便站到床边，将我从她怀里拉出——躺在这里的她。静默的怀抱。为我擦干脸，让我坐下。给我倒了水。

"我梦到外婆了。"她说。"她说自己就要走了，希望我到你这儿来，不想让你自己留在这儿，所以我就赶忙出发了。"

紧紧握住我的手。不由自主地颤抖，止不住地颤抖。我的手。从前就知道萨拉的梦，本不该再惊异什么。还是没能完全止住颤抖。萨拉投来抚慰的笑容，换了个话题。开始谈起披巾来。想知道这条旧披巾为何在被子上放着，苏艾娃的披巾。

我同她讲，她专注地听。又轻轻抚着我的脸颊，好像我是孩子，而她才是大人，说："我真不该教你一个人这么孤单。"声含悔意。她拿起披巾，想用它裹住我的肩膀，说："能让你暖和些。"就好像我刚刚说的话，她一句也没听见，我挥挥手，叫她走开，方才作罢。转眼，却将披巾围在自己肩上，说："这味道真好闻！"向水池边的镜子走去，对着镜影幽幽一笑。又将披巾整整齐齐地折叠上，用棕黄色的软纸包好，又将它塞回我的包里。

坐在床边，抚着索尔蒂斯的头发，抚着她的脸颊，说，外婆，声音轻柔，几不可闻。外婆。握住被子上的手，牵起，贴在自己的脸旁，又握住，轻轻放回被子上。

想让我给安德烈斯打个电话。

"安德烈斯？"我说，已不记得他是谁。

"他很难过。"萨拉说。

在我面前，桌上的蜡烛。放着光亮，两根洁白的蜡烛。是她们带来的，玛格列特和一个黑衣女人，可能是修女，也许就是修女。站在床边，卸除插管，在额上与胸前画下十字。为她祷告。黑衣女人、玛格列特。而我和萨拉，我们在床边垂下头。一切都进行得很慢。接着，白色的桌布便被铺在桌上，一方似魔法召唤般突然出现的桌子。雪白的绣花桌布铺在上面。又放上一把十字架、两盏烛台。插着蜡烛。洁白颜色。

这烛火，那样光明。

"他很难过，"萨拉说，"毕竟你们已经在一起两年多了。"

可我搞不懂。因为我们根本没在一起，我们只是睡在一起，二者截然不同。可萨拉拒不理解。跟我说，昨晚，安德烈斯给她打来电话，因为他怎么都找不到我，因为我不给他回电，将他隔绝在外，将他赶走。完全不接受他的帮助。不接受他的帮助，安德烈斯说。

"你一定要给他打个电话，妈妈。"萨拉重复道。那么天真，我的这个女儿。那么无邪。还是说，她是故作天真？她知道什么我不知道的东西么？或许她是对的，我应该给安德烈斯打个电话？那是我欠他的？

我盯着床上的女人，我的母亲。怎么也不能理解，这一切竟终结了。这些诡异的夜晚。在这房间里，分明还能感到她的存在，而萨拉已将这房间改了面貌，将它变回一间普通病房，好像这再正常不过了，这无穷变化的房间。也许吧，也许教萨拉觉得正常的正是这个：变化。

觉得一切都很正常。萨拉，我的女儿。坐在索尔蒂斯的床边，握着她的手。放在被子上的手。握住，贴上自己的脸颊。担心安德烈斯，母亲的床伴。开始搞不清角色的他，开始担心、想要帮忙的他。难过的他。

搞不懂萨拉。从来就搞不懂她。也什么都搞不懂了。再不知晓什么存在，什么又不存在。再不知晓。

她的存在，那么分明。

雪白的桌布，光明的烛火。马大和奥德尼就快到了。还有萨拉。

与我想象的完全不同。只有一声叹息。很轻。没有呻吟。以为她会呻吟。或者更加可怕。濒死的喉鸣。却只有这沉寂。幽邃沉寂中一声叹息。便结束了。**这一切**。仅此而已。我不懂。

一切都渐渐缓慢，渐渐平宁，渐渐止息。真诡异。

平静地死去。所谓的平和死亡。没错，这是一张平静的脸，似乎年轻了、柔软了，深邃的皱纹也消散了。

一点也不戏剧化，没眨一下眼，没说一句话。唯有这声叹息。仿若吹熄一根蜡烛一般。有人吹了口气，烛火便熄了。

萨拉又将披巾塞回我的包里。玛格列特和黑衣女人卸除插管，画下十字。而我和萨拉，床畔静立。

萨拉，我的身体里，这个小小的活体，奔冲而出，将我撕裂。而后，在我怀里，一个小小的身体，血液与黏液已被擦去。脚趾与手指小得不可思议，真小，而思绪中，漫长的日月，恐怖的感觉：另一个生物在啃噬你、吞食你、夺去你的生命——统统消失。躺在挺拔的乳房上，吮着，吸着，吞噬着空虚与偶然，吞噬着无意义——在那陌生欢愉的中央，疼痛熠熠闪亮，一切消失其间。

亲眼看着你出生，马大说，一朵血淋淋的花，悬垂在粉色花茎上。

我们所有人，悬垂在脐带上——

我盯着床上的这具身体，盯着我母亲的尸体。

盯着烛光。烛火那样光明。坐在这里，尼娜·卡特琳·苏艾娃。盐柱。

一团鲜耀的火焰，钱包立于中央，她的哀号在我耳际回荡，似海的声音，似草间的窸响。

现在，我将怎样呢？

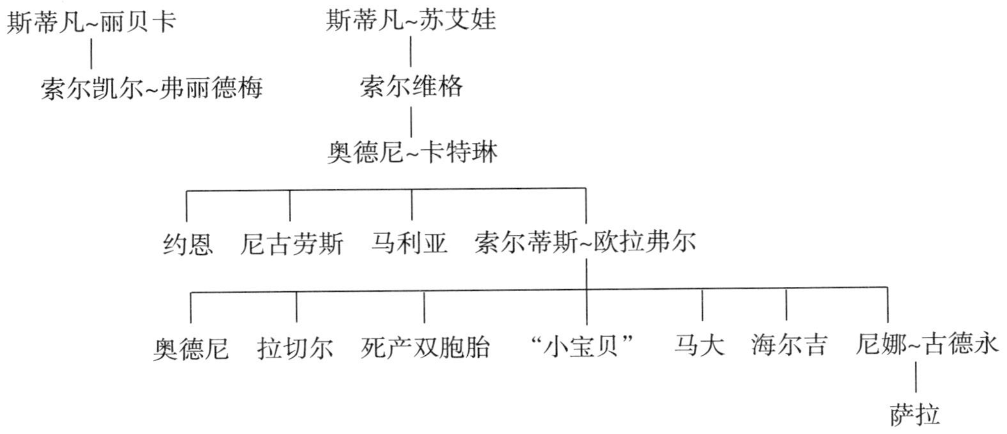

斯蒂凡~丽贝卡
索尔凯尔~弗丽德梅
斯蒂凡~苏艾娃
索尔维格
奥德尼~卡特琳
约恩
尼古劳斯
马利亚
索尔蒂斯~欧拉弗尔
奥德尼
拉切尔
死产双胞胎
“小宝贝”
马大
海尔吉
尼娜~古德永
萨拉

图书在版编目（CIP）数据

夜逝之时 / (冰) 弗丽达·奥·西古尔达多蒂尔著；张欣彧译.—北京：中国国际
广播出版社，2019.1（2024.1重印）
（北欧文学译丛）
ISBN 978-7-5078-4372-9

Ⅰ.①夜… Ⅱ.①弗…②张… Ⅲ.①长篇小说－冰岛－现代 Ⅳ.①I535.45

中国版本图书馆CIP数据核字（2018）第254686号

著作权合同登记号 01-2017-7563

Copyright © Fríða Á. Sigurðardóttir, 1990
Title of the original Icelandic edition: Meðan nóttin líður
Published by agreement with Forlagið, www. forlagid. is
Simplified Chinese Translation Copyright©2019 by China International Radio Press
All rights reserved

本书由冰岛文学中心资助翻译

ICELANDIC LITERATURE CENTER

夜逝之时

出 品 人	宇　清	
总 策 划	王钦仁	
策　　划	张娟平　凭　林	
著　　者	[冰岛] 弗丽达·奥·西古尔达多蒂尔	
译　　者	张欣彧	
责任编辑	张娟平	
装帧设计	Guangfu Design	张　晖	
责任校对	张　娜	

出版发行	中国国际广播出版社有限公司 [010-89508207（传真）]
社　　址	北京市丰台区榴乡路88号石榴中心2号楼1701
	邮编：100079
印　　刷	天津鑫恒彩印刷有限公司

开　　本	880×1230　1/32
字　　数	140千字
印　　张	7
版　　次	2019年1月 北京第一版
印　　次	2024年1月 第四次印刷
定　　价	46.00元